O Alienado

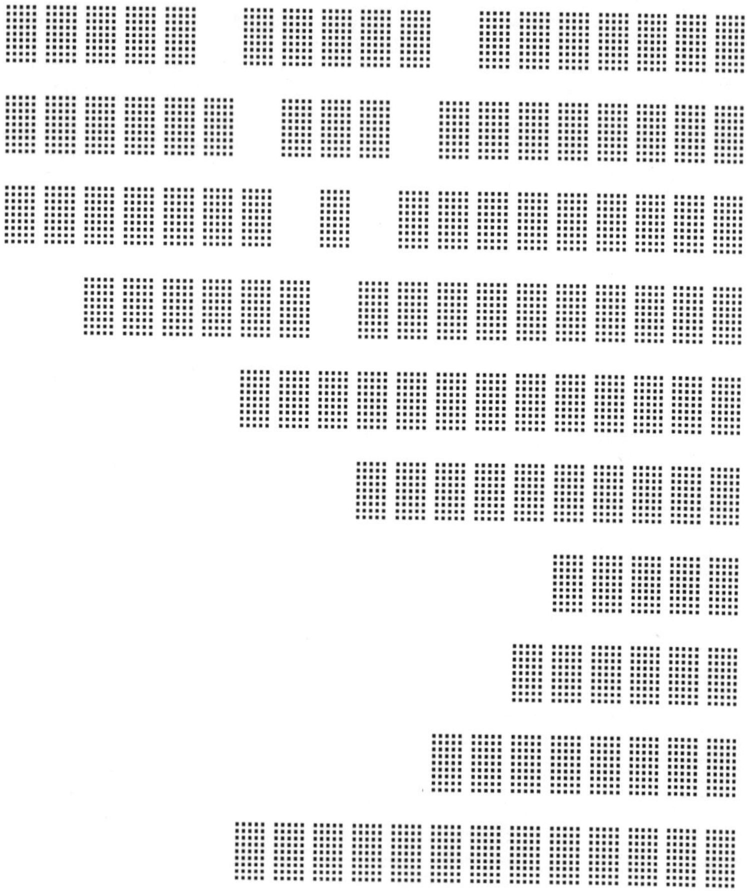

O Alienado

Cirilo S. Lemos

1 ed. Editora Draco
São Paulo 2012

CIRILO S. LEMOS nasceu em Nova Iguaçu, Baixada Fluminense, em 1982, nove anos antes do antológico Ten, do Pearl Jam. Foi ajudante de marceneiro, de pedreiro, de sorveteiro, de marmorista, de astronauta. Fritou hambúrgueres, vendeu flores, criou peixes briguentos, estudou História. Desde então se dedica a escrever, dar aulas e preparar os filhos para a inevitável rebelião das máquinas. Gosta de sonhos horríveis, realidades previsíveis e fotos de família. Publicou em *Imaginários v. 3* (2010) e *Dieselpunk* (2011), além do e-book *Para um punhado de almas* (2012). Pode ser encontrado em @CiriloSL.

Publisher: Erick Santos Cardoso
Produção editorial: Janaina Chervezan
Revisão: José Roberto Vieira
Quadrinhos: Virgílio
Arte e capa: Ericksama

Dados Internacionais de Catalogação na Publicação (CIP)
Ana Lúcia Merege 4667/CRB7

L 555

Lemos, Cirilo S.
O Alienado / Cirilo S. Lemos - São Paulo : Draco, 2012.

ISBN 978-85-62942-49-5

1. Ficção brasileira I. Título.

CDD-869.93

Índices para catálogo sistemático:
1. Contos : Ficção brasileira 869.93

1ª edição, 2012

Editora Draco
R. José Cerqueira Bastos, 298
Jd. Esther Yolanda - São Paulo - SP
CEP 05373-090
editoradraco@gmail.com
www.editoradraco.com
www.facebook.com/editoradraco
twitter: @editoradraco

ÍNDICE

AM013

&R	3664	P3	150519
$F	0697	W47	179659
AC	0001	A4	099678
B	L.0	E5E5	114484
B	L.0	Z7B713	112904
B	327 9	H93C3	153526
B	693	Z7K3	114497
B	693	Z715V1	152296
B	693	Z715V2	152297
B	819	S27	186402
B	819	S34S36	189044
B	0072	C62V5	180515
B	0132	Y6G53	179390
B	0132	Y6V5	194692
B	0791	S84	173375
B	1131	W52	195030
B	1833	1897	129471
B	1833	1897	129472
B	1833	1897	129483
B	1853	E5V4	031974
B	1868	R43B4	180720
B	187	T5C3V2	183746
B	2430	T354C9	164318
B	2430	M254G3	185896
B	2430	M379S53	160023
B	2430	S34H6	183551
B	2430	S34M32	192405
B	2430	T374L783C1	187312
B	2430	T374M8	187007
B	3279	H4954	193611
B	3279	H94F29	196554
B	3279	H92E5	161088
B	3305	M74D8	183268
B	3376	W5G3P53	130076
B	395	C6V1	148130
B	395	F7523V1	117682
B	395	R37	170757
B	434	A5A6C1	180984
B	434	D85	130660
B	655	Z7Z91963	095126
B	72	C62V6	180517
B	721	G433	026333

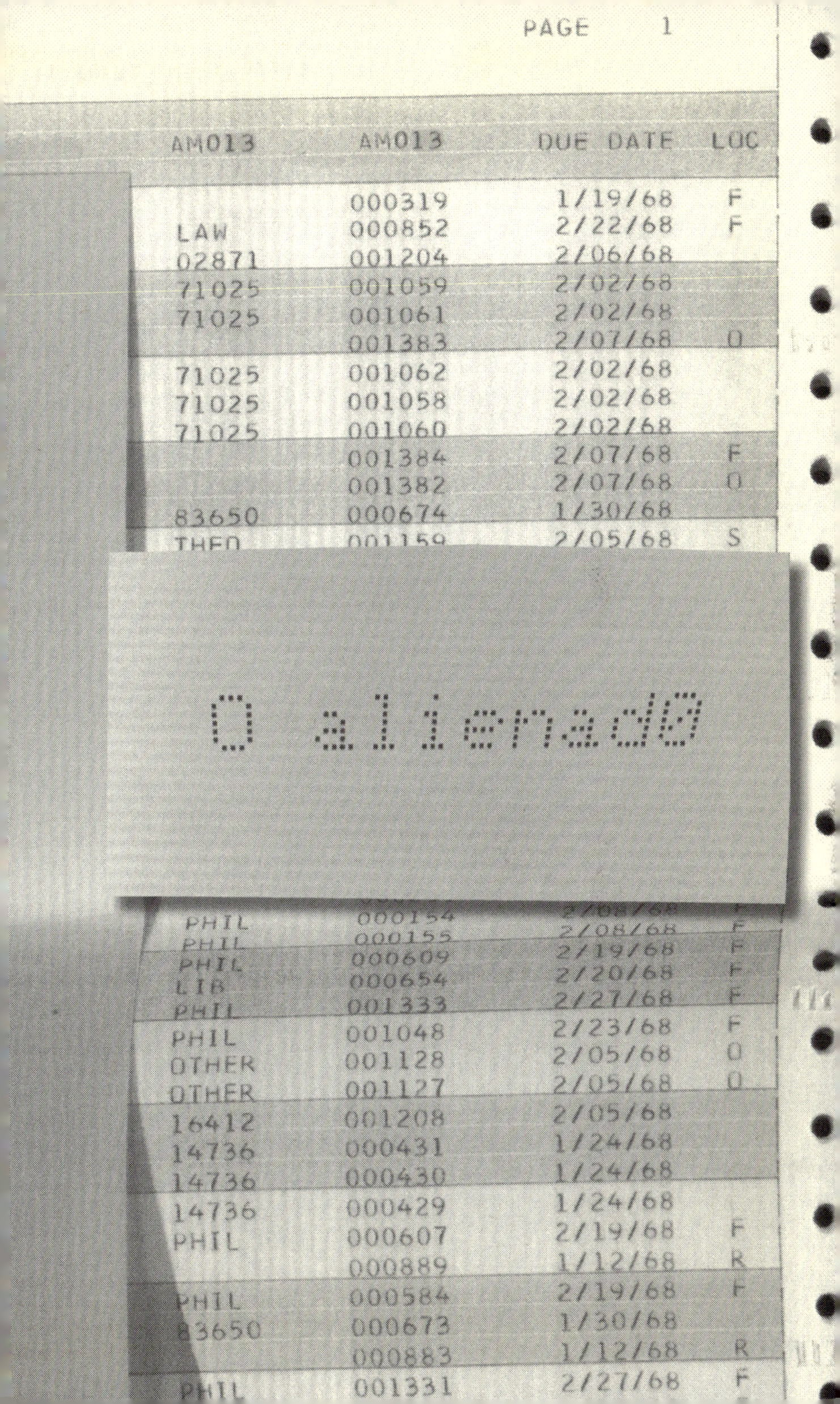
PAGE 1
AM013 AM013 DUE DATE LOC
000319 1/19/68 F
LAW 000852 2/22/68 F
02871 001204 2/06/68
71025 001059 2/02/68
71025 001061 2/02/68
001383 2/07/68 O
71025 001062 2/02/68
71025 001058 2/02/68
71025 001060 2/02/68
001384 2/07/68 F
001382 2/07/68 O
83650 000674 1/30/68
THEO 001159 2/05/68 S
O alienad0
PHIL 000154 2/08/68
PHIL 000155 2/08/68 F
PHIL 000609 2/19/68 F
LIB 000654 2/20/68 F
PHIL 001333 2/27/68 F
PHIL 001048 2/23/68 F
OTHER 001128 2/05/68 O
OTHER 001127 2/05/68 O
16412 001208 2/05/68
14736 000431 1/24/68
14736 000430 1/24/68
14736 000429 1/24/68
PHIL 000607 2/19/68 F
000889 1/12/68 R
PHIL 000584 2/19/68 F
83650 000673 1/30/68
000883 1/12/68 R
PHIL 001331 2/27/68 F

Não existem histórias,
nunca houve histórias,
há apenas fatos sem pé
nem cabeça, sem
começo e sem fim.

Jean Epstein

Meus agradecimentos a todos aqueles que de alguma forma tocaram essa história: Leandra, por me ouvir por todos esses anos, e me obrigar a seguir em frente quando tudo ficava difícil; Diego "Coruja", por jogar um monte de luz em um monte de coisas; Érico Vieira e Jorge Nascimento, pelas leituras atentas e sugestões perspicazes; Leda, pelo desprendimento e bondade; Matheus, Antonio, Pedro, Cintia, Zuleide, Antonio (o primeiro), por serem O Clã.

Um homem chamado
Rubens foi esfaqueado
na prisão. Setenta e seis
golpes. Dizem que seu
rosto se transformou
numa pasta de sangue
e cérebro.

A única pessoa que
podia se importar ainda
não era capaz de fazê-lo.

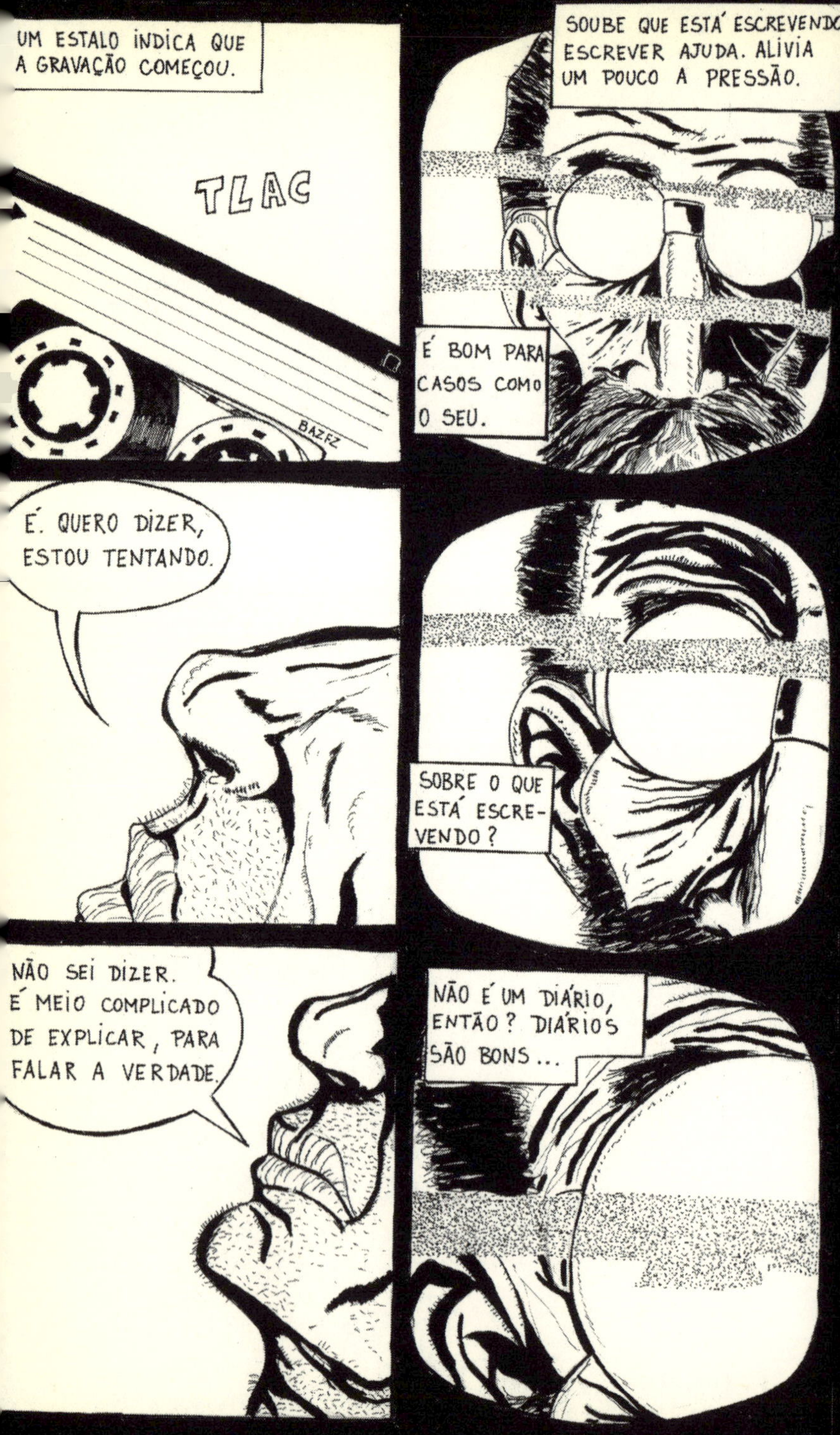
UM ESTALO INDICA QUE A GRAVAÇÃO COMEÇOU.
TLAC
BAZFZ
SOUBE QUE ESTÁ ESCREVENDO. ESCREVER AJUDA. ALIVIA UM POUCO A PRESSÃO.
É BOM PARA CASOS COMO O SEU.
É. QUERO DIZER, ESTOU TENTANDO.
SOBRE O QUE ESTÁ ESCRE-VENDO?
NÃO SEI DIZER. É MEIO COMPLICADO DE EXPLICAR, PARA FALAR A VERDADE.
NÃO É UM DIÁRIO, ENTÃO? DIÁRIOS SÃO BONS...

NÃO É UM DIÁRIO. É UM ROMANCE, EU ACHO.
UM ROMANCE?
SIM, UM ROMANCE. MAS NÃO COMO ESSES EM QUE TODO MUNDO PENSA QUANDO ALGUÉM DIZ QUE ESTÁ ESCREVENDO UM ROMANCE...
CONTE-ME MAIS.
ZZZ
AS PESSOAS ACHAM QUE É UMA HISTÓRIA DE AMOR IMPOSSÍVEL, CHEIA DE OBSTÁCULOS E BABOSEIRAS DO TIPO.
E NÃO É?
NÃO. BOM, TEM AMOR NO QUE ESTOU ESCREVENDO. TALVEZ SEJA O SENTIMENTO QUE MOVE O TEXTO. MAS É DE UM TIPO DIFERENTE. NÃO É NADA... ROMÂNTICO, SE É QUE ME ENTENDE.
PERCEBE A QUANTIDADE DE VEZES QUE USOU A PALAVRA AMOR?

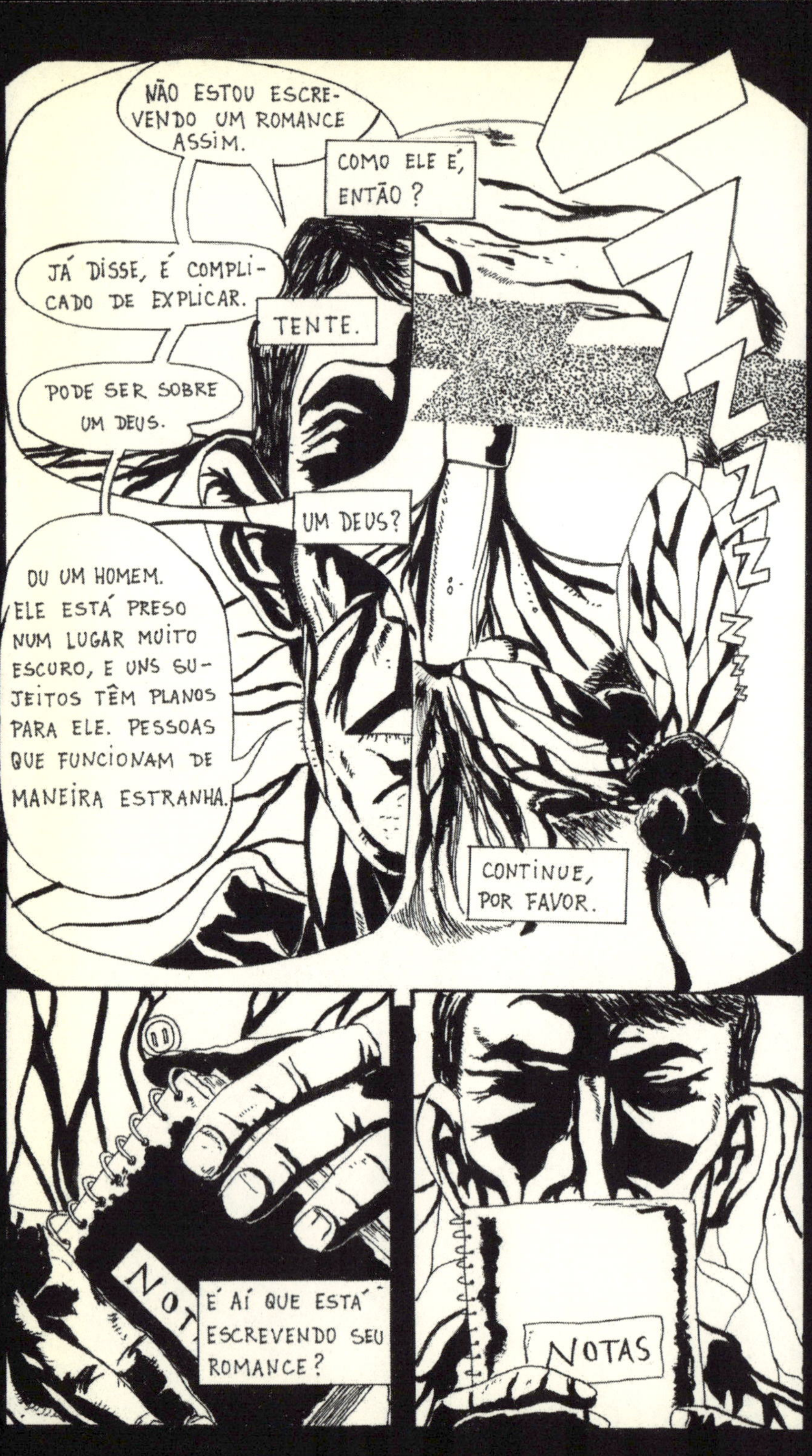
NÃO ESTOU ESCREVENDO UM ROMANCE ASSIM.
COMO ELE É, ENTÃO?
JÁ DISSE, É COMPLICADO DE EXPLICAR.
TENTE.
PODE SER SOBRE UM DEUS.
UM DEUS?
OU UM HOMEM. ELE ESTÁ PRESO NUM LUGAR MUITO ESCURO, E UNS SUJEITOS TÊM PLANOS PARA ELE. PESSOAS QUE FUNCIONAM DE MANEIRA ESTRANHA.
CONTINUE, POR FAVOR.
NOT
É AÍ QUE ESTÁ ESCREVENDO SEU ROMANCE?
NOTAS

Sua mulher tem muitos segredos, disse a gaivota.

Lá embaixo só havia o abismo.

Não posso morrer aqui, o homem suspirou. Um cansaço brutal roia seu corpo.

Vou te tirar dessa.

Como? Você é só um pássaro, e a escada desabou inteirinha.

A única forma de escapar é pulando.

O vento agitava o trampolim. Não existia maneira de sair dali. Mesmo se conseguisse um modo de descer por essa rocha, só o que o homem encontraria lá embaixo era a porta para um quarto de Vazio Infinito.

Posso morrer com uma queda dessas.

Que opção você tem?

A gaivota tinha razão. O que não tornava a ideia de saltar dali menos assustadora.

Sabe, o problema não é a queda em si. É a sensação que dá na boca do estômago. É uma coisa horrível, como se tivesse comido vertigem.

Que bobagem.

Você fala assim porque tem asas. Mas eu não tenho.

Se o problema é a sensação da queda livre, sempre há aquela história do monge. Um desses truques de autoajuda.

Que truque?

Aquele de colocar um morango na boca e se concentrar no gosto dele. Ajuda a evitar a agonia da queda. Ou algo assim.

Não tem morango aqui em cima.

Posso ver o que consigo.

A gaivota abriu as asas e alçou voo. O homem observou-a desaparecer por entre o tapete de nuvens logo abaixo. Quando ela finalmente retornou, tinha um peixe prateado se debatendo no bico. Soltou-o no chão.

Tenta com isso aí. Não é um morango, mas você também não é monge.

O homem apanhou o peixe, sentindo-o morrer lentamente entre seus dedos. Arrancou um pedaço da carne macia e salgada e quente e úmida, um estranho pedaço de mar que se desmanchava em sua língua até se tornar uma massa espessa. Deixou-se levar. Esqueceu o mundo. Não percebia mais nada, nem as nuvens, nem o sol, nem as vísceras se contorcendo, nem o estrondo ensurdecedor do vento. Só o que existia era a carne do peixe, uma carne evanescente como se feita da matéria dos espectros, e uma leve sonolência que começava a nublar qualquer pensamento. Foi assim que o homem saltou do Abismo Acima Das Nuvens. Em sua boca, a carne do peixe se transformava num velho clichê, fazendo seu paladar berrar que a gente lembra da vida quando a morte se aproxima.

Minha mãe não gostava do Virgílio porque, entre outras coisas, seu pai havia sido assassinado na cadeia. Dizia que ele não era uma boa companhia e ia acabar me levando para o mau caminho. Até aos doze anos eu ficava me perguntando o que seria esse mau caminho, se seria divertido, se teria garotas bonitas e revistas em quadrinhos. Eu gostava de revistas em quadrinhos. Muitos meninos da minha idade me consideravam um idiota por isso, menos o Virgílio. Talvez porque fôssemos um pouco parecidos, ou por sermos completamente diferentes. Meu vocabulário girava em torno de cento e cinquenta palavras, em geral as indispensáveis para pedir comida ou reclamar da escola. Ele gostava de usar palavras difíceis, então me obrigava a consultar o dicionário e só me deixava fechá-lo quando recitasse de cor o verbete que acabara de ler.

– O que é um nefelibata?

Gaguejando, eu respondia que nefelibata era um indivíduo que andava nas nuvens, um "literato alambicado com visões pouco convencionais", e coisas do gênero. Então íamos soltar pipa ou jogar futebol até anoitecer.

Ele me trazia pilhas de gibis e eu ficava horas vendo aqueles heróis encapuzados, altivos e nobres salvarem o mundo. Enquanto meus olhos brilhavam de excitação a cada soco que Superman desferia contra a nave em forma de crânio de Brainiac, Virgílio sorria e enfiava a cara nos volumes amarelados que trazia. Quase nunca lia histórias em quadrinhos, eram sempre livros chatos de escritores velhos que tentava me explicar sem sucesso. Dizia que eram clássicos. Eu bocejava, balançava a cabeça e desviava os olhos outra vez para o Superman.

Conversávamos sobre qualquer coisa. Não entendia nada na maioria das vezes, mas gostava de ouvi-lo falar. Ele me impressionava com as palavras. Eu tentava fazer o mesmo dizendo a primeira coisa que passava pela minha cabeça. Coisas do tipo:

– O Sr. Mxyzptlk é um duende de verdade ou só parece um duende?

– Quê?

– Porque ele parece um duende, com aquele cabelo engraçado e aquela roupinha esquisita. Mas duendes não fumam charutos. Ou fumam?

– Pode ser que os duendes na Quinta Dimensão fumem. Sei lá.

Mas de vez em quando eu falava besteiras de verdade:

– Minha mãe falou que a sua dorme com qualquer um por dinheiro.

Não disse isso por maldade, acho que nem sabia realmente do que se tratava. Mas percebi que tinha falado demais quando vi uma sombra passar no rosto de Virgílio e ele se virar para o outro lado.

– As pessoas dizem muita besteira.

Ele era apenas quatro anos mais velho que eu, mas naquela época quatro anos faziam muita diferença. Aos meus olhos, Virgílio era quase um adulto. Sua explicação para isso é que tinha um espírito velho que estava em todos os tempos de uma só vez, e eu ficava confuso. Sempre ficava confuso quando estava perto dele, e parte dessa confusão era devido às ideias que ele colocava na minha cabeça antes mesmo que eu aprendesse a ler direito. Sempre vinha dividir comigo conceitos estranhos que estava tentando entender, inequações, polissemia, stalinismo. Coçava a cabeça, perguntava aos professores, mas quase nunca obtinha a resposta que procurava. Fazia longas e apaixonadas dissertações a respeito da ignorância da humanidade. Eu não compreendia, mas ouvia atentamente, admirado com a inteligência assombrosa daquele menino magricela de óculos de lentes grossas. Eu era sua plateia, o parceiro mirim que estava ali para aplaudir. Talvez por isso me perdoasse sempre.

– Você parece um cientista.

Virgílio pendurava-se de cabeça para baixo num galho da goiabeira. De vez em quando, parecia um garoto normal.

– Não quero ser cientista. Quero é não precisar acreditar em nada que alguém venha me dizer para acreditar. Quero descobrir tudo por mim mesmo. Sabe como vou fazer isso? Viajando. Vou viajar o mundo inteiro, visitar as pirâmides, os Pirineus, Veneza, Machu-Pichu, investigar todos os mistérios. Vou viajar para o espaço, para fora do mundo, viajar pela mente. Depois escrevo tudo que descobrir num livro.

– Vai escrever um livro?

– Vou. Um livro bem grande, com umas mil páginas. Quando eu ganhar muito dinheiro com ele, vou levar você para viajar comigo.

– Mas eu tenho a escola – respondi, a boca cheia de goiaba. – Minha mãe me mata se eu faltar aula.

– Diz para a sua mãe que a escola fica pra depois. Olha só para mim, não apareço na escola há um tempão. Acha que estou me importando? A gente não aprende nada lá.

Balancei a cabeça. Claro que concordei. O que ele ia pensar de mim se não concordasse?

– Já ensinaram a gente a ler, não tem mais nada lá agora.

Concordei outra vez. Era o Virgílio quem estava dizendo, ora.

– A escola é muito chata.

Ele saltou da árvore. Colocou o braço sobre o meu ombro e me ofereceu metade da barra de chocolate que trazia no bolso.

– Talvez o Sr. Mxyzptlk seja o diabo.

Dois dias depois, sua mãe descobriu que ele havia abandonado a escola. Levou uma surra que deixou marcas roxas. Foi arrastado de volta à sala de aula com os colegas rindo e zombando dele, chamando-o de otário, de filhinho da mamãe e coisas piores. Mas Virgílio tinha a dignidade de um mártir, e suportava tudo com a cabeça erguida, até que os estúpidos se cansavam das brincadeiras e o deixavam em paz.

Essa postura lhe granjeava algumas meninas apaixonadas. Virgílio as levava para trás do muro da igreja e as beijava e acariciava os seios que começavam a crescer. As meninas suspiravam e comentavam com as amigas que, curiosas, acabavam também contra o muro da igreja. E conforme a paixonite das garotas ia aumentando, ele exigia que arrumassem meninas mais novas para namorar comigo. Com medo de perderem os beijos de Virgílio, traziam as irmãs, primas, vizinhas. Foi assim que, pela primeira vez, eu beijei uma garota.

O nome dela era Maria Cecília. Tinha uns olhos grandes e escuros, igual àquelas mulheres lá da terra dos turcos. A pele dela era macia de tocar. A menina mais linda do mundo, com um vestido de flor, que apareceu como um sonho. Trabalhava com a mãe numa das casas da cidade, ajudando nas tarefas. Senti um arrepio quando ela chegou perto de mim e encostou a boca na minha. Fiquei de olhos abertos um tempão sem saber o que fazer em seguida, sentindo os lábios dela deslizarem nos meus, o coração aos pulos.

Ali perto, o Virgílio abraçava uma garota. Com o canto do olho, fiquei prestando atenção para ver se aprendia alguma coisa.

– Você não sabe beijar – Maria Cecília disse, quando deu de cara com meus olhos atentos.

Não sei mesmo, pensei em gritar, depois que ela virou as costas e saiu andando. Em vez disso, engoli a vergonha e fui esperar o Virgílio perto da nossa Goiabeira Secreta. Aquela Maria Cecília é que era uma chata, não eu.

Das namoradas do Virgílio, a que acabou conquistando seu coração foi Luíza. Era branca da cor do leite e muito magra. Os cabelos eram indecisos entre o vermelho e o amarelo. Para mim, era meio parecida com uma morta-viva. Os dois viviam para cima e para baixo de mãos dadas. Às vezes se beijavam na minha frente, o que me deixava muito envergonhado. Eu disfarçava e acabava indo para casa, desconfiado que Luíza, sempre que queria ficar sozinha com Virgílio, fazia isso porque sabia que eu ia embora. Virgílio me dizia que ela era a garota mais incrível e inteligente que ele jamais vira e que se casaria com ela.

– Não entendo por que você quer namorar uma garota só, quando pode ter um monte.

Virgílio abriu os braços como uma gaivota e respondeu:

– Minha namorada brilha feito uma estrela.

Eu não enxergava nela o brilho de estrela que ele via, e não gostava da ideia do meu amigo se casar e ir embora para longe. O que eu queria mesmo era continuar brincando e beijando as meninas que sobravam para mim quando ele ia para trás do muro da igreja. Em outras palavras: estava disposto a fazer o que fosse necessário para me livrar daquela peste chamada Luíza. E bolei um plano tão vilanesco que faria Norman Osborn corar.

Encontrei Virgílio debaixo da Goiabeira Secreta, comendo um pedaço de pão. Lia um livrinho de capa verde. Entortei o pescoço para a lombada.

– O Príncipe – ele se adiantou, vendo meu contorcionismo.

– Aquele que voa pelo espaço?

– Não. Um pouco difícil de entender. Veio ler um pouco?

Sentei-me ao seu lado sem nada responder. Tentei parecer grave, até recusei uma edição passada do *Superaventuras Marvel* que ele retirara do bolso de trás da calça, na qual eu estava louco para dar uma olhada.

– Que bicho te mordeu? – ele perguntou, deixando a revista ao meu lado e voltando ao seu príncipe.

Cocei a cabeça, suspirei ruidosamente. Estava muito envergonhado por conseguir ser tão falso e traiçoeiro com alguém que nunca mentira para mim. Mas era por uma boa causa, um dia entenderia. Se ele se esforçava para entender tanta coisa, entenderia também seu amigo.

Suspirei outra vez. Virgílio fechou o livro ruidosamente.

– Quer fazer o favor de desembuchar logo? O que foi? Sua mãe te proibiu de ficar comigo outra vez? Você nunca obedece mesmo.

O melhor era falar de uma vez:

– Vi a Luíza beijando o Lourival.

Virgílio ficou lívido.

– O quê?

– Vi a Luíza beijando o Lourival – repeti, quase sem fôlego.

Ele ficou de pé.

– Que Lourival é esse, o da pastelaria?

– Esse mesmo.

Ele segurou meus ombros, os olhos embaciados. Eu já estava arrependido, mas a esta altura não podia mais voltar atrás.

– Você é meu amigo, não ia mentir pra mim, né?

– Nunca mentiria – desviei os olhos. Parecia que eu tinha uma faca ensanguentada nas mãos.

Virgílio largou o livro no chão, virou as costas e saiu andando.

– Vou ter uma conversinha com esse Lourival.

Fiquei sem ação. Não era o que havia planejado. Pelo que conhecia do Virgílio, achei que ia se conformar e nunca mais olharia para a cara de Luíza, sem nunca dar uma explicação. Suas tristezas eram apenas suas. Mas agora lá ia ele tomar satisfações com um cara dez vezes maior e oito anos mais velho. Ele devia mesmo gostar aquela garota.

Alcancei-o a um quarteirão da pastelaria. Pisava forte no calçamento e bufava como um rinoceronte bravo. Tentei demovê-lo da ideia estúpida, mas foi inútil.

– É pessoal – ele disse.

A pastelaria estava lotada. Virgílio entrou e foi direto para o balcão onde Lourival ficava. Ele não estava lá.

– Onde está o Lourival? – perguntou Virgílio ao Coreano, chinês dono do lugar.

– Foi levar lixo.

A caçamba de lixo ficava no beco logo ao lado da pastelaria. O acesso era por uma porta ao lado do balcão. Sem pedir licença, Virgílio atravessou-a comigo no encalço. Teve uma desagradável surpresa: do lado de fora, encostada na caçamba de lixo, Luíza e outra menina conversavam, derretidas, com o Lourival. Minha mentira era uma verdade involuntária.

Virgílio voou no pescoço dele. Pego de surpresa, Lourival bateu contra a parede e caiu no chão. As garotas se afastaram, assustadas.

Só consegui ficar parado assistindo.

Os dois rolaram pelo chão sujo, engalfinhados.

Virgílio era muito menor e logo acabou por baixo. Lourival acertou-lhe o queixo e o olho esquerdo, que imediatamente se transformou numa bola roxa.

As pessoas que estavam dentro da pastelaria ouviram os gritos histéricos de Luíza e vieram apartar a briga. Lourival, grande e forte, foi arrastado para dentro pelo Coreano e outro funcionário da pastelaria. Virgílio tentou se levantar, cambaleou e caiu sentado no chão. Precisei ajudá-lo. Voltamos para a goiabeira, ele com o coração partido, eu com a consciência espetando. Queria poder dizer meu nome ao contrário e voltar para a Quinta Dimensão.

AM013 (primeiro dia, parte da manhã)

O dente se esfarela na parte de trás. Pedaços pontiagudos arranham a língua cheia de aftas. A cabeça é um teleférico vazio, tripulado pelos piratas que gostariam de poder cantar uma canção. Buraco sem fim, ladeado por pérolas brilhantes que pulam feito troncos de árvore moídos. Ah, isso pesa, vou largar você para trás. O grito parece com o ruído de um pedaço de ferro arranhando o vidro da igreja. Estamos no carro do meu pai, aqui você pode fazer o que quiser desde que não rasgue o estofado. Voar para onde? Sei lá, para qualquer lugar. Esse mês ainda não veio, o que isso quer dizer? O pneu furou, mas parou no acostamento. A ambulância está vindo aí. Dois pares de seis, dois ases. A alface ficou murcha por causa da friagem da geladeira. Se o prego entortar, arranca e põe outro. Esse ônibus que demora. Outro zero não, por favor. E agora, onde vou achar um lugar que venda isso? Vi você com ele, não adianta negar. Abafado, quente, meu olho não abre. E eu, que pensei que fosse verde? Adorei essa sua calcinha. Por que as mãos estão presas? Já disse, a anarquia só duraria o tempo que o mais forte demorasse para conseguir um porrete. Mais guardanapo, por favor. É agiota, por isso a grana fácil. Mmm, assim, amorzinho, você gosta? Essa coisa está saindo do controle, e alguém sempre morre. O dia que precisar é só ligar. Esse trabalho ainda me mata. Que dentição perfeita. Ele faz um médico naquele filme. Sempre me roubam as ideias e ganham dinheiro com elas, aí eu penso: e não é que era uma boa ideia? Não, Deus me livre de carne de porco. Põe mais gelo que melhora. Tão longe, a passagem é cara.

– Clorpromazina, haloperidol, perfenazina, tioridazina, sertralina. Na veia.

– A pulsação está fraca.

Mataram a coitada. Geladeira de inox é coisa de grã-fino ou de político ladrão. Assine nas linhas pontilhadas, isso, assim. Mmm, molhadinha. Morta. Cem, duzentos, trezentos, quatrocentos, quinhentos, se tiver faltando alguma coisa pode deduzir do montante que ela te deu. Gola alta nesse calor?

– A pupila está dilatada, a respiração está normalizando.

Clorpromazina, haloperidol, perfenazina, tioridazina, sertralina. Luz muito branca no olho, como um círculo contínuo. Por trás, só há escuridão. Mataram ela. Escuridão e voz cavernosa ecoando longe. Nunca vou te esquecer, querida, não importa mais o que você fez, olhe por mim de onde você estiver, meu amor.

– Pode me ouvir, AM013?

Posso, posso. Dois dedos.

– Quantos dedos têm aqui?

Dois dedos, dois dedos, já disse, são dois, não, são três. Os pés estão lá, dormentes. Essa figura de rosto ossudo e barba, uma bandeira de pirata.

– Pressão em ordem.

Uma pulseira enorme e preta esmagando o pulso direito, bombeando, bombeando e bombeando para mover o ponteiro vermelho. Deitado numa cadeira longa e acolchoada feito a de um dentista, este sou eu. Homens vestidos de branco, sem rostos, todos Iguais, ajustando aparelhos, medidores, tubos, luzes. Lâmpada enorme sendo trazida para perto de um rosto – o meu rosto – e a pele parece queimar. As mãos não se mexem, estão presas. Pernas também, por isso a dormência. Pontos de luz, homens Iguais com estetoscópios, lanterninhas, seringas. Clorpromazina, haloperidol, perfenazina, tioridazina, sertralina. São monitores de vídeo, uma sala imensa cheia deles, chiando tal qual uma TV fora do ar. Rosto ossudo, o Líder. Assassinos, grito, grito, grito, a mão não pode arrebentar as amarras, quero arrancar suas tripas com as mãos. Sinal de aparelho perdendo o ritmo, bip, bip, biiiiiiiip. Homens, todos muito Iguais, alarmados, se apressando em suas funções. Lugar muito escuro, fora as luzes dos monitores que sobem até o céu e as luzes dos aparelhos. Biiiiiiiiiiiiip, quero que me soltem, biiiiiiiiip. Luz no olho, saliva espumosa. Clorpromazina, haloperidol, perfenazina, tioridazina, sertralina. Ela tinha braços dourados e óculos escuros. Biiiiiiip. Lava e ácido no sistema circulatório. Biiiiiip. Mataram ela, os assassinos. Biiiiip, biiiip, biiip, biip, biip, bip, bip, bip, bip, bip,bip,bip,b ip,bip,bip,bip,bip,bip, bip, bip, bip, bip, bip.

EU USEI MARTELOS DE MADEIRA

Acho que foi o gato, preto e branco, me observando das vigas de ferro logo acima.

Olhei para ele.

Depois, veio o cheiro de carne queimada, o grito apavorado do Pipoqueiro, e o esguicho escuro. Bastou um segundo de distração, um segundinho só, para o dedo dele voar pelos ares num jato de sangue, decepado pela lâmina da serra tico-tico.

Os operários correram, gritaram, falaram palavrões, trouxeram água, lenços. Alguém conseguiu um copo cheio de gelo para preservar o indicador, que agora parecia uma salsicha largada entre a serragem. E eu ali parado, a serra na mão, aturdido como alguém que acorda sem ter certeza de onde está. O mestre de obras apareceu, começou a vociferar coisas que eu não entendia por causa da serra ainda ligada e do choro desesperado do Pipoqueiro. Enfiaram o coitado dentro de um carro e o levaram para o hospital. O carro era um opala vermelho. Às vezes sinto que todos os carros dessa Cidade são opalas vermelhos.

Bernardo também apareceu, bufando feito cachorro grande. No fundo, é isso que ele é, um grande cachorro de bosta. Vinte e oito por cento do seu código genético é canino, responsáveis pelo focinho preto, pela pelagem alaranjada e pelo apetite sexual sempre atiçado. Ele também começou a gritar coisas para mim, latidos que eu preferia não ouvir porque não eram nem um pouco lisonjeiros. Mas desligaram a serra, então ouvi cada palavra perdida: seu-merda-filho-de-uma-puta-retardado-olha-o-que-tu-fez-fodeu-com-o-Pipoqueiro-a-firma-vai-comer-meu-rabo-e-eu-vou-comer-o-teu. Cachorro grande de bosta. Um dia verei esse cara torrar num acidente elétrico e vou morrer de rir.

Ninguém me demitiu naquele dia. Disseram que me dariam uma nova oportunidade, acidentes acontecem, o dedo do Pipoqueiro seria reimplantado, a Construtora Mundo Novo acreditava em segundas chances etc. Esse era o discurso do senhor Adolfo, empreiteiro cheio de contratos suspeitos, chamado à boca miúda de mafioso, gangster e afins. Nadava em dinheiro e – eu não sabia bem a razão – parecia gostar de mim. Para falar a verdade, talvez gostar não seja exatamente o termo. Estava mais para aquele tipo de condescendência reservada para certos tipos de idiotas. Sempre que visitava o canteiro de obras e esbarrava comigo, ele acabava me arrastando por toda parte e usando para demonstrar publicamente seu afeto pelo corpo de operários. Enquanto ele exaltava suas virtudes como patrão e as minhas como empregado, o braço passando por cima de meu ombro num gesto amistoso e constrangedor, eu baixava a cabeça ruborizado e tentava ignorar os sorrisos de deboche dos colegas.

Por isso, estranhei quando o velho mandou me chamar dois dias após o acidente com o Pipoqueiro (tinha esse apelido por ser muito parecido com vários pipoqueiros da Cidade, inclusive com os que nada tinham a ver com ele, o que era muito estranho). Fui conduzido à saleta improvisada com divisórias onde os cabeças da obra se reuniam para discutir, contar piadas e, ocasionalmente, falar do trabalho.

E aqui estou.

Há três minutos. Vendo o mafioso-gangster-e-afins cuspir para o alto baforadas de um charuto fedorento e ficar olhando enquanto a fumaça se desfaz devagar. Três compridos minutos.

Bernardo, o cachorro de bosta, atleta de fim de semana, passa os olhos no caderno de esportes. De vez em quando se lembra de encolher a barriga para exibir para as arquitetas, duas louras às vésperas do implante de silicone. O cachorro grande continua furibundo, mais para impressionar o patrão com seu zelo que pelo dedo do Pipoqueiro.

– Como está o Pipoqueiro? – pergunto, sem saber o que fazer com as mãos, sem saber em qual perna me apoiar, sem saber o ritmo certo da respiração. As arquitetas me olham como se eu fosse retardado, ou coisa assim. O pior é que são bonitas, as putinhas, com sua carne plástica e madeixas platinadas. Isso é tremendamente ruim, pois multiplica por dez a sensação de ter alguma coisa pejorativa tatuada na testa piscando feito um sinal luminoso.

– Nem um pouco feliz – diz uma delas, pura hostilidade.

– A Construtora Mundo Novo vai arcar com o tratamento médico. Faremos o que for necessário para que nosso funcionário saia dessa situação com o mínimo possível de prejuízo – rosna Bernardo.

– Não foi de propósito. Quer dizer, eu não queria...

– Claro, meu querido, claro. Sabemos que foi apenas um acidente lamentável – interrompe o Sr. Adolfo, afastando o charuto do beiço preto, a palavra *imbecil* que esqueceu de acrescentar se enroscando no bigode canastrão.

As arquitetas bufam:

– O senhor que me desculpe, mas esse tipo de coisa é algo que a gente não pode tolerar. Estamos construindo o edifício mais importante da Cidade aqui, temos responsabilidades com os empregados, temos contratos sérios para cumprir que dependem de avaliações positivas de fiscais, não dá para ficar aguentando falta de atenção de operário. Desta vez foi um dedo. O que vai ser da próxima?

– Não vai haver uma próxima – digo, com absolutamente nenhuma convicção.

– Claro que não vai. Estamos liberando o senhor de seu contrato com a Mundo Novo – diz Bernardo. Está se esforçando para não sorrir, o filho da puta.

– Estão me colocando na rua.

– Exato.

– Por causa do dedo.

– Não é só por causa de um dedo. É pelo... – Bernardo faz um movimento com a mão, como se estivesse juntando moedas invisíveis. – Conjunto. Você anda faltando um bocado ao trabalho e está muito desatento. Só essa semana eu tive de mandar arrumar a fiação do saguão três vezes depois que você instalou aquele portal lá.

– Mas a culpa não é minha. Falei que não dava para colocar os fios lá antes de instalar o portal, mas não me ouviram. E não ando faltando ao trabalho. Faltei um dia. E porque não estava bem.

– Já estamos conversados, senhor – a arquiteta confere meu nome numa ficha – Cosmo. É esse mesmo o seu nome?

Há uma ponta de deboche na cara maquiada dela, que preciso ignorar pelo bem do trabalho que escapa pelos meus dedos.

– O que houve com as segundas chances?

– Pergunte no Departamento Pessoal. E tenha um bom dia.

– Mas...

– Tenha um bom dia.

Quero xingar, espernear, brigar. Mas de que vai me servir? Decepei o dedo de um cara, afinal. Não de qualquer cara: do Pipoqueiro.

Estamos no verão, o calor costuma ser insuportável, mas continuo a sofrer com o frio. Nuvens pesadas de poluição desceram sobre a Cidade até quase tocar o chão. O ônibus me leva pela Estrada Alta, uma via expressa que desaparece mundo afora. Em certo ponto, ela vai se inclinando até chegar a uns trinta metros do chão. Dá para ver tudo lá de cima, os prédios, as casas, as fábricas além da ponte. As manchas pontilhadas de luzes bruxuleantes lá no horizonte é o Limbo, um enorme complexo de ruínas, violência e pobreza onde os desafortunados esperam a vida passar. Logo ali fora, casais de namorados passeiam de mãos dadas, grupos de jovens exibem os cabelos tingidos com as cores dos mocinhos dançarinos da novela, todos muito iguais enquanto tentam ser diferentes, fazendo compras nas lojas de vidro, comendo nas barraquinhas de comida, lendo manchetes sobre como o Governo se esforça para manter a paz e o nosso modo de vida nos jornais pendurados nas bancas. Tem muita gente, mas ninguém está a fim de um pouco de diversão para aliviar a pressão. Todo mundo feliz e satisfeito – quero dizer, todo mundo que está empregado e faz parte da azeitada máquina de consumo que mantém as coisas grudadas como supercola. A Cidade desliza seu equilíbrio diante dos meus olhos. Agora sou um dos desempregados dela.

Uma hora depois, estou em casa, um bloco amarelo enfeitado com janelas de alumínio, uma porta e um jardim de margaridas, como todas as casas da rua.

Maria Cecília prepara um chá na cozinha, usando sua camisola predileta. Quando me vê, faz uma expressão de surpresa.

– Achei que tivesse ido trabalhar.

– Fui. Mas pedi o resto do dia de folga.

– O que houve? – ela parece preocupada.

– Nada. Vou tentar adiantar o meu romance.

Sei que ela não acredita em mim por sua entortada sutil de sobrancelha.

– E como anda?

– O quê?

– O romance, oras.

– Bem, eu acho. Acho que vou colocar o inspetor contra um bando de arruaceiros, que na verdade é uma Entidade Coletiva Niilista. Só para dar uma animada.

Ela me olha como se eu de repente estivesse falando a língua dos anjos.

– Pensei que fosse uma história de amor. Não parece um romance.

Tudo bem, não vou explicar pela milionésima vez que um romance não é sinônimo de história de amor.

– O inspetor está perdidamente apaixonado – e aqui me vem um suspiro – mas não é uma história de amor.

– Ah, tá – e assim encerra-se o ciclo de interesse de minha mulher pelo meu livro.

Há meses não escrevo uma única linha. Não sei por que menti dizendo que ia adiantar o romance. Só me veio de repente na cabeça. Acho que não quero ouvir agora as coisas que certamente ela vai dizer quando souber da verdade. As coisas que ela vai perguntar, do tipo como-vamos-pagar-as-contas?

Sento-me à mesa e abro o jornal.

Ela me serve uma xícara de chá de hortelã e senta perto de mim.

– Ainda bem que decidiu ficar um pouco em casa. Você ainda não está em condições de trabalhar.

Olho-a de esguelha.

– Foi só uma vertigem. Tenho dormido pouco, é só isso.

– Mas aconteceu duas vezes.

1) Primeira vez: copo de café na mão, parado no ponto de ônibus, de repente o mundo se parte feito um prato e estou caído na calçada, um bando de rostos estranhos perguntando se estou bem, se estou bem, se estou bem.

2) Segunda vez: todo atenção operando a serra tico-tico, a lâmina gemendo na madeira, um gato aparece do nada, um gato que ninguém mais viu, entende o drama?, e de repente um cheiro de carne queimada e o Pipoqueiro berrando feito bezerro pintando meu rosto com borrifos de sangue.

– Eu sei, mas... E se isso se repetir quando você estiver operando aquela serra grande? Você sabe... Não que o que aconteceu com seu colega não seja horrível. Só não quero que aconteça com você.

Tomo um gole de café e tento escapar dela lendo o caderno de esportes.

Ela fica pensativa por um tempo. Depois:

– Você devia ver o médico.

– Estou bem.

– É melhor ouvir isso da boca de um especialista.

O argumento genérico para qualquer coisa que não se queira fazer:

– Estamos sem dinheiro.

O contra-argumento:

– Não se pode pensar em dinheiro quando a saúde está em jogo.

– Minha saúde está ótima.

– Eu sei, Cosmo, mas não custa nada ter certeza.

– Não vou em médico de maluco.

Maria Cecília ri, uma risada cristalina, inebriante. Ajeita os cabelos pretos com as mãos e me olha com seus olhos de menina.

– Mostra seu romance pra ele.

Rio também, sem coragem de devolver o olhar.

A MARCA DA FORCA

No intervalo de uma aula cívica, onde aprendemos que "o exercício da autoridade suprema por um chefe não contraria a vontade do povo em uma democracia", Marcela me entregou um bilhete. Era uma das namoradas do Virgílio, a que ele dizia ter peitos durinhos. A escola inteira dizia que ela não era mais moça, e que seu pai andava atrás do Virgílio, por isso ele desaparecera. Eu sabia que isso era uma grande mentira, ele estava era evitando aparecer com o olho roxo depois da briga com o Lourival. Se alguém da escola visse aquilo, ia chamar a mãe dele na hora. Ele marcara um encontro com Marcela e, entre um beijo e outro lhe pedira que me entregasse aquele bilhete. Queria que eu o encontrasse à meia-noite na Goiabeira Secreta para ajudá-lo com uma coisa.

Guardei o bilhete. O que Virgílio pretendia fazer à meia-noite na Goiabeira Secreta? E o que ele estava pensando, que minha mãe ia me deixar sair tão tarde de casa? Não mesmo. Fui para casa, cheio de perguntas na cabeça. Mal entrei, minha mãe me agarrou pelo braço e me jogou no sofá. Estava nervosa, o rosto vermelho de raiva, uma veia saltando na testa. Antes que eu pudesse entender o que estava acontecendo, o primeiro tapa explodiu bem na minha cara. Senti meu rosto arder e latejar. Outro tapa explodiu no meu pescoço.

– Sabe por que está apanhando, seu ordinário, sabe? – vociferou ela, sem parar um instante de me bater. Eu não sabia por que estava apanhando, embora suspeitasse qual fosse o motivo. A cada tapa, a cada bofetada humilhante no rosto, crescia em mim um desejo de me revoltar com minha mãe, com a escola, com tudo.

Chorei até soluçar, mas isso não a comoveu. Pelo contrário, fez com que me batesse ainda com mais vontade, enquanto berrava acusações contra mim e minha amizade com Virgílio, coisas que eu jamais acreditaria, mesmo vindas de sua boca. Dizia que Virgílio era um ladrão, que roubava livros, revistas e doces no empório do seu Joaquim, que jogava e bebia com o dinheiro que a mãe de vida fácil lhe dava, que de vez em quando pirava, que era bicha.

– Você me desobedeceu e continua andando com aquele vadio.

– Ele não é um vadio.

– Ele é um ladrão! E um malandro!

– Mentira! Quem disse isso?

– A dona Francisca o viu atrás do muro da igreja quando saia da missa. O que ele estava fazendo naquele lugar escuro? Fumando? Cheirando?

Namorando um monte de meninas, eu poderia responder. Se eu dissesse o que o Virgílio fazia lá, ia acabar tendo que dizer que eu já estava beijando meninas também, alternativa impensável. Não é fácil falar para a mãe sobre experiências amorosas aos onze anos de idade. Um pudor besta, uma lógica imbecil, me fazia achar preferível deixar que ela continuasse pensando que Virgílio era um delinquente a explicar a verdade.

– Ele me ajuda com um monte de coisas.

– Com roubo, por exemplo? A brigar como um galo de rinha na porta da pastelaria? Não pense que não sei das suas aventurazinhas. Quis dar um voto de confiança. Esperava que você mesmo viesse me contar.

Não ligava mais para a dor da surra. Só pensava no que

ela dizia. Será que ele roubava mesmo? Isso explicaria como ele podia ter tantos livros e chocolates sem ter nenhum tostão furado. Parece até que eu podia ouvir Virgílio se explicando: "não é roubo, é expropriação".

– O pai dele é um bandido que já matou gente. E esse menino vai pelo mesmo caminho. Vai virar ladrão e assassino igual ao pai, e vai querer te transformar também. E você já está indo na casa dele que eu sei.

Corri para o quarto. Ela ficou lá, parada, ameaçando contar para o meu pai quando ele chegasse do mar. Mas ele me entenderia. Era um marinheiro valente, um homem justo.

Às onze horas da noite, fugi de casa. Jamais faria isso antes, mas naquele dia as coisas mudaram. Ela me surrou. Virgílio estava certo, era preciso enfrentar todo mundo que queria transformar a gente em robô.

Saltei pela janela e peguei minha bicicleta no quintal. Ricochete, meu cachorro gordo, nem latiu.

O céu estava límpido e estrelado, mas fazia muito frio.

Pedalei devagar rua acima, assustado com o tipo de gente que poderia encontrar. Não estava habituado a circular sozinho pela rua tarde da noite, esperava que um maníaco saltasse de cada sombra e me arrastasse para seu covil sinistro. Apertei a gola da camisa, me encolhi no selim.

Cheguei à cerca de madeira do terreno baldio do pai do Olavinho uns dez minutos depois, mas foi como se eu pedalasse nas trevas por anos, um Surfista Prateado singrando a galáxia. Era um antigo depósito de barro que secou e virou uma colina entre duas casas. Uma goiabeira alta, de tronco grosso, crescia na parte de trás, onde Virgílio e eu nos reuníamos para ler ou simplesmente ficar à toa depois da escola. A Goiabeira Secreta, nossa Fortaleza da Solidão, nossa Toca dos Gatos. Éramos os únicos que sabíamos destrancar o portão que o pai do Olavinho colocara para afastar os vagabundos. Virgílio havia descoberto a combinação do cadeado quando ouviu o seu Olavo, bêbado, comentar com um amigo, que queria usar o terreno para guardar umas latas.

Após colocar os cinco números no cadeado e destrancá-lo (5-5-2-4-9), entrei no terreno. O capim ralo estava molhado pelo orvalho e fazia meu chinelo escorregar. Arrastei a bicicleta para dentro e subi a colina até a árvore. Nem sinal de Virgílio. Olhei em volta, chamei seu nome baixinho com medo de atrair a atenção dos vizinhos. Dei uma boa olhada na copa da árvore e nada. Já pensava em ir embora quando vi um vulto lá embaixo abrir o portão com cautela e entrar carregando algo debaixo do braço. Parecia um fantasma. Por um segundo meu coração parou de bater e várias histórias da Kombi que pegava crianças me vieram à cabeça. Só quando a figura assobiou o tema daquele faroeste famoso é que o medo se dissipou.

– Por que demorou? Eu já estava quase voltando para casa.

– Desculpa – respondeu Virgílio – mas é que tive um pouco de trabalho para conseguir capturar isso.

Mostrou-me o que carregava debaixo do braço.

– Um gato? Para que você precisa de um gato?

– Esse é o Gaspar – Virgílio acariciou a cabeça do bichano, que se esticou preguiçosamente e soltou um longo bocejo. – É o gato do Lourival.

– Pra que você quer o gato do Lourival? – perguntei, já arrependido de ter deixado minha cama quentinha para trás.

– Vou enforcar ele na árvore – respondeu Virgílio, impostando a voz e gesticulando como Ernst Stavro Blofeld. Fiquei em silêncio, olhando para a cara dele, que mantinha o punho direito erguido e segurava um sonolento Gaspar debaixo do braço. Só os grilos quebravam o silêncio, no mato lá embaixo.

– O quê? – eu disse, depois de um tempo.

– Enforcar o gato. Como fizeram com o Tiradentes, lembra?

– Não vou ajudar a enforcar esse gato. Coitado dele.

Virgílio balançou a cabeça:

– Você só precisa segurar o bicho enquanto eu levo o laço até aquele galho. Para ele não fugir. Nada demais. Assim eu me vingo do Lourival.

– Pra que se vingar do Lourival?

– Pra ele aprender que não pode se meter comigo. Ele é mais forte, mas eu vou fazer ele sofrer mais. Sei das coisas. Ninguém pode mexer comigo. Com você também não, porque você é meu amigo e eu vou te proteger. Enforcar esse bichano sujo vai ser um símbolo da nossa libertação. Só vou poder seguir adiante se fizer isso.

Peguei minha bicicleta para ir embora. Precisava acordar cedo no outro dia e estava perdendo momentos preciosos de sono.

Virgílio usou sua última cartada para me convencer:

– Se ficar, vou saber que é meu amigo de verdade. Se for embora...

Olhei para ele em silêncio. Estava usando um truque muito sujo. Naquele momento, odiei-o.

Soltei a bicicleta outra vez.

– Então vou ficar mais um pouquinho. Um pouquinho só. Mas não vou ajudar a matar o coitado do gato.

– Só segurar ele.

– Não.

– Então ao menos seja testemunha do que vou fazer – ele resmungou. – Pode deixar que faço tudo sozinho, mané.

Virgílio puxou Gaspar para perto de si e passou um pedaço de corda pelo pescoço dele. Depois se levantou e cuidadosamente começou a subir na goiabeira. Quando atingiu o galho mais alto, olhou para mim e sorriu. Equilibrou-se sem usar as mãos e levantou o gato acima de sua cabeça. Gaspar miava indiferente.

Cheguei mais perto. Apesar de não querer sujar ainda mais minha consciência com a morte do Gaspar, a iminente cena me causava uma euforia mórbida. Assistiria, tal qual um Bonaparte, a execução de um traidor.

Os tambores rufaram. Tá-tá-tá-tá-tá-tá.

Lembrei, então, que o único traidor ali era eu.

Senti um calafrio ao me imaginar pendurado numa corda, a língua roxa pendendo para fora da boca, com uma multidão a me rodear satisfeita pela minha morte.

Meu pai era marinheiro e sabia de muitas coisas. Ele me disse que, antigamente, nos casos de enforcamento, se o acusado fosse inocente, a corda arrebentava. Era um sinal da justiça divina, e o sujeito acabava libertado. Torci para Gaspar ser inocente.

O vento balançava a árvore e abafava a voz de Virgílio, que improvisava um discurso para a solene ocasião.

Os gatos sempre caem de pé, não importa o que aconteça. O que aconteceria com gatos enforcados?

Em minha imaginação eu o via caindo, caindo e parando subitamente no ar há poucos centímetros do chão, a justiça divina fazendo-o girar como uma roda, cada vez mais rápido, até que faíscas começassem a sair dele e o universo se estilhaçasse numa Crise destruidora.

Mas o que aconteceu de fato foi uma coisa mais mundana. Virgílio tentou jogar Gaspar lá de cima, mas o gato aparentemente não pretendia cooperar com os planos de vingança dele. Com um giro, desvencilhou-se de suas mãos e saltou sobre seu rosto, arranhando-o com as unhas afiadas. Virgílio deu um urro de dor. Assustado, perdeu o equilíbrio e despencou do alto da árvores, chocando-se com todos os galhos que foi encontrando no caminho até o chão.

– Virgílio – gritei, e corri até ele. Estava caído por cima do braço, todo esfolado, os olhos pequenos e perdidos me olhando, um filete de sangue correndo do canto da boca.

– Acho que quebrei meu braço – ele disse, com esforço.

Gaspar era inocente, afinal de contas.

Terceira vez: começa com uma sensação de morte.

Uma pressão estranha na têmpora esquerda, como se alguém pressionasse um polegar ossudo contra ela. Aos poucos a pressão vai aumentando e se expandindo por metade da cabeça. Os olhos doem, a vontade é de arrancá-los fora. Apoiome na parede, surpreso pela vertigem repentina. O ar me falta, as pernas fraquejam, as vísceras reviram. Cambaleio escada acima. Aperto a cabeça com as duas mãos. Pequenos pontos luminosos borrando a visão.

A lembrança da voz esganiçada de Maria Cecília rodopia pelo ar: você devia procurar um médico. Ali está ela, esparramada entre os lençóis. Quando vai ter coragem de contar para ela que chutaram sua bunda do trabalho?

O banheiro. O armário de remédios. Entre potes de creme de rosto, de pernas, pasta de dente e barbeadores novos, um vidro de analgésicos. Tomo dois comprimidos de uma vez e bebo a água quente da torneira.

Aperto os olhos com força para espantar a dor. A visão está embaçada e coalhada de bolhas desfocadas. O chão desaparece. Minha cabeça bate em algo duro. Estico a mão e toco em uma superfície lisa e fria. No meio do turbilhão, tento fixar a visão em alguma coisa. Primeiro, identifico um borrão colorido se movendo e produzindo um som grave, intermitente. Por um tempo não posso identificar o que é, depois entendo:

o espelho. Minha imagem se reflete nele, mas algo não parece certo. Rugas profundas como cânions, olhos baços afundados nas órbitas, um ar de exaustão estampado na cara angulosa, a cabeça raspada expondo uma cicatriz e um corte grande fechado com pontos apressados. Seus movimentos não dependem dos meus. Suas roupas não são as minhas.

O reflexo escapa pelo espelho como se fosse uma janela apertada. Ele se espreme, se contorce, põe a cabeça para fora, depois os ombros, tórax, pernas, até ficar completamente livre do lado de cá.

Recuo até sentir o ladrilho frio nas costas.

Ele me olha com pena – com pena, imagine só – e vai em direção à porta. Passa pelo quarto e se detém para observar a nudez de Maria Cecília. Pela porta entreaberta da sacada, o vento traz gotas da chuva que cai lá fora. Ele parece perturbado. Hesita por um instante, como se ponderasse se devia ou não mergulhar na cama com ela. Trava uma batalha. Avança até o meio do quarto, as mãos tremendo.

– O que pensa que está fazendo?

Ele me olha feito quem desperta de um transe e dispara em direção à sacada.

Vou atrás.

O reflexo é rápido: em segundos, desce pela calha até o jardim, pula o muro do quintal e atravessa a rua.

Ele ergue o braço numa espécie de adeus doloroso, entra num ônibus e vai embora.

A sacada se transforma num rodamoinho.

Não ouço som algum, nem percebo mais o mundo.

AM013
(segundo dia)

Raspam-me a cabeça.

O cabelo cai em tufos diante do meu rosto, acumulam-se no meu colo ou se espalham pelo chão. Os olhos parecem mais encovados e tristes. Bom, talvez eu esteja encovado e triste. Mas ainda assim, não gosto do que vejo.

A máquina continua sua dança estridente, ceifando-me os cabelos devagar. Feito trigo maduro.

Uma grande cicatriz rosada no alto da cabeça, ligeiramente puxada para o hemisfério esquerdo. Uma cicatriz pulsante, linha grossa ladeada por pontos menores, como uma tatuagem de centopeia. Ei, eu não tinha isso aí.

Sou levado por corredores labirínticos infestados de portas de ferro, os braços amarrados com firmeza às costas.

Os passos das figuras que me escoltam são cadenciados e macios. Contrastam com os meus, trôpegos e pesados, quase um cambalear.

Contra a luz ligeiramente mais forte do fim do corredor, cinco sombras se erguem simetricamente. À frente de todas, o Líder. Ele abre os braços quando me aproximo.

– Estávamos aguardando sua chegada, AM013. Espero que aprecie sua estadia conosco.

– Está frio aqui – murmuro.

– É o banho químico – ele responde. – E nosso aquecimento já viu dias melhores. Está na nossa lista de prioridades para o próximo semestre. Não é mesmo, senhores?

Os homens, todos absolutamente Iguais em aparência e trejeitos, balançam a cabeça, concordando.

– Venha. Vou mostrar suas acomodações.

Seguimos com o cortejo de Iguais atrás de nós. Todos se vestem da mesma maneira, rostos inexpressivos e artificiais como máscaras de látex. Até mesmo o Líder se parece com eles, mas há algo que o distingue dos demais, algo indefinível, talvez um toque de individualidade que o separa um tantinho dos outros, só o suficiente para comandar.

A mão direita dele toca minha cicatriz. Sente-a em toda sua extensão até a nuca. Uma desagradável sensação de submissão.

Ele sorri de forma insondável.

– Belo trabalho. Realmente muito bom – diz, então toma a dianteira e continua falando sobre as maravilhas do local, de como me sentirei em casa aqui, aquecido, amado, cuidado e tratado como em nenhum outro lugar.

– Vocês a mataram.

– Detalhes, meu caro, detalhes. Ela vinha se tornando uma funcionária cada vez mais relapsa nos últimos tempos. Não conseguia mais nem mesmo executar as tarefas mais simples, como deixá-lo feliz.

– Mas não é fácil me fazer feliz.

– Oh, é bem mais fácil do que pensa. Temos um arquivo imenso sobre seus gostos, preferências, afinidades e desejos, com os quais fizemos um diagrama detalhado sobre como construir sua Felicidade Plena e Perfeita. Tiramos esses detalhes direto de sua cabecinha desmiolada quando esteve aqui da primeira vez. Imagine nossa surpresa quando descobrimos que seu ideal de felicidade era bem mais simples do que previamos. Uma esposa, um emprego, uma casa própria com quintal, e pronto. Devo admitir que foi um pouco decepcionante para mim na época, mas foi ótimo para os Metafilósofos.

– Foi ótimo – repetem os Iguais.

– Já estive aqui antes. Por isso tudo me parece tão familiar. Mas não posso dizer que me lembro.

– Não se lembraria. Fizemos um bom trabalho – diz o Líder.

– E o que vim fazer aqui antes?

– Nós tratamos do seu problema – ele responde. – Colocamos seu cérebro em ordem. Estava uma grande bagunça. Foi necessária uma limpeza geral. Tiramos muito lixo de dentro dele: restos de memórias, lembranças corrompidas, esse tipo de coisa.

– Vocês tiraram memórias minhas? Com a autorização de quem?

– Não precisamos da autorização de ninguém, na verdade. É tudo meio que nosso também. Tudo que nós fazemos é em nome do bem-estar da Cidade-Centro e das pessoas que a habitam. Mera Questão de Segurança, Proteção e Manutenção do Nosso Modo de Vida. Você é uma pessoa que precisamos manter sob controle. Agora mesmo, enquanto falamos, está sob a ação de tranquilizantes e antidepressivos poderosos, ou sabe-se lá o que poderia tentar. Mas não se preocupe, compensamos as memórias extirpadas implantando outras novinhas. Nem vai sentir falta das antigas.

– Não sei. Sou meio sentimental com essas coisas.

– Ah, veja que maravilha! – exclama o Líder, quando chegamos ao pavimento principal.

– Maravilha – ecoam os Iguais.

Centenas de mesas se espalham ao redor de um grande fosso de onde surge uma coluna, um tubo de aço, na qual se enrola uma escadaria que desaparece no teto muito alto. Quatro rampas fazem a ligação entre o piso e a escada, cruzando uma abertura de sete metros no chão.

– Imagine dez anéis empilhados, e terá mais ou menos uma ideia de como a estrutura desse prédio é montada. O tubo que pode ver adiante é o pilar principal, indo do térreo à cobertura, onde se transforma em antena para os satélites e mastro para a bandeira dos Metafilósofos, do qual honrosamente faço parte como humilde servidor e Líder. Cada nível comporta estruturas complexas que são vitais para o bom funcionamento da reabilitação e da Cidade-Centro. Estamos deixando o Refeitório. O lugar é completamente limpo e seguro, com capacidade para seiscentos lugares e mil refeições a cada quatro horas. Empregamos uma quantidade razoável de cidadãos devidamente certificados e qualificados em nossa cozinha. Como pode ver, temos consciência social.

– Consciência social – repetem os Iguais, balançando as cabeças.

– Abaixo de nós – ele continua – está a Estação de Higienização, onde eliminamos qualquer forma de infecção e radiação, deixando o ambiente limpo e puro, que você já conheceu.

– Me deixa ir embora – eu peço. Não estou interessado em nada do que eles dizem, por que continuam falando? Aos meus ouvidos tudo soa como uma grande conversa fiada para me distrair enquanto me levam para o matadouro.

– Os Metafilósofos chamam este lugar de Lar.

– Lar.

– Lar

– Lar.

Um dos Iguais retira do bolso um molho de chaves e abre a porta que dá acesso a uma das rampas. Precaução para evitar acidentes, como explica o Líder. Suas longas descrições, que vão dos tipos de pedra usadas na construção ao número exato de torneiras (duas mil, quinhentas e noventa e sete), embotam meu pensamento e aumentam a náusea causada pelos remédios e pelo onipresente cheiro de eucalipto.

– Vê as câmeras? – ele aponta, enquanto subimos as escadas. – Existem mais de cinco mil delas espalhadas por todo o Lar. Cada cômodo, cada corredor, cada sala, inclusive os banheiros, é vigiado vinte e quatro horas por dia por olhos atentos e prestativos.

– E a onde fica a privacidade nisso tudo? – pergunta burra-burra.

– Não se pode acreditar em Deus e na privacidade ao mesmo tempo.

Esforço-me para subir os degraus, apoiando-me no corrimão. Acabo vomitando na escada. Os Iguais me amparam. Limpam minha boca com lenços de papel reciclado.

– Não se preocupe com isso. É uma reação natural. Em breve estará em seu quarto, onde poderá descansar.

– Não vou ficar aqui. Vocês não têm nenhuma autoridade para me prender. Vou embora.

A falsa amabilidade do Líder se desfaz como gelo em dia quente. Ele fita meus olhos empapuçados tão de perto que seu nariz roça de leve o meu.

– Engana-se se acha que não temos autoridade. Somos o poder da Cidade-Centro. Fomos nós que trouxemos a ordem quando esse mundo era apenas um amontoado caótico de cores, som e ideias. Você não é nada sem nós, apenas uma nesga de Vontade que nós direcionamos. Dobramos você uma vez e o mantivemos sob controle como um passarinho numa gaiola. Podemos fazer isso de novo. Mas agora não haverá erros que o permitam escapar. Nada de presenteá-lo com a ilusão de uma vida normal e previsível no subúrbio. Admito que meu predecessor, aquele que você arremessou janela afora, teve uma boa ideia: arrefecer sua inquietude, domesticá-lo sob o peso de seus próprios desejos. Um amor fabricado a partir de emoções verdadeiras. Por um tempo até que funcionou, mas agora se mostrou um erro perigoso que tentamos corrigir da melhor maneira. Ou seja, sem danos, sem mortes, sem inflexões drásticas. Isso também foi um erro, que não cometeremos de novo. Teremos de ser radicais, se não cooperar.

– Não sou o que vocês pensam. Sou apenas um cara comum.

– Você não é um homem comum, meu caro. É uma bomba prestes a explodir e a extinguir cada homem, mulher, planta e animal desse lugar.

– Então poupem dinheiro e trabalho. Me mata e acaba logo com isso.

O Líder e os Iguais balançam as cabeças.

– De forma alguma. Imagine que somos como um esquadrão antibombas. Sabe o que acontece quando puxamos o fio errado?

– Bum.

– Bum.

– Bum.

– Com você, AM013, todos os fios são fios errados.

Eles fecham a porta do meu quarto acolchoado e me deixam sozinho, tendo como único conforto a luz acinzentada que atravessa as frestas da porta e os uivos perdidos que ecoam pelos salões de pedra.

UM VELHO OPALA, VERMELHO COMO SANGUE, A MIL QUILÔMETROS POR HORA.
ÁRVORES, PESSOAS, PRÉDIOS, POSTES E LIXO SE MESCLAM NUMA ÚNICA IMAGEM. OS SONS DO MUNDO FORA DA JANELA SE DILUEM NO ESTRONDO DO VENTO. A ÚNICA COISA QUE POSSO OUVIR É O RUÍDO DO MEU PRÓPRIO CORAÇÃO ACELERANDO.
PARA ONDE VAMOS?
VALÉRIA NÃO RESPONDE A NENHUMA DAS MINHAS PERGUNTAS. COMO O COELHO BRANCO DE ALICE, ELA APENAS MURMURA QUE ESTAMOS ATRASADAS E CONSULTA O RELÓGIO QUE LHE DEI DE PRESENTE.
RETORNO 2 KMS
OS PRÉDIOS ALTOS VÃO DANDO LUGAR A CASAS PEQUENAS. E ESTAS, A MORROS, FAVELAS, ESCOLAS, PONTES. ATÉ QUE A CIDADE SUBITAMENTE ACABA.
PARA ONDE VAMOS?
ENTRAMOS NA RODOVIA. AS PLACAS NÃO SINALIZAM NADA ALÉM DOS RETORNOS, COMO SE NÃO HOUVESSE MAIS NENHUM LUGAR PARA IR, NEM COMO ESCAPAR DA SENSAÇÃO DE ESTAR PERDIDA.
RNO

VALÉRIA OLHA A TODO INSTANTE PELO RETROVISOR.
NENHUM SINAL DE QUALQUER TIPO DE VEÍCULO ATRÁS DE NÓS NAQUELE ASFALTO RETO E MORTO, MAS MESMO ASSIM AQUI ESTÁ ELA, ESPERANDO ALGUMA COISA SURGIR DO NADA E ENGOLIR A GENTE.
UM DIA ELE VAI ENTENDER. E ACEITAR. VOCÊ É FILHA DELE.
VOCÊ NÃO SABE DE NADA.
A VOZ ESTÁ TRÊMULA. NERVOSA DEMAIS PARA DIRIGIR.
DENTRO DO CALDEIRÃO DE SENSAÇÕES NO QUAL MINHA VIDA SE TRANSFORMOU, ELA É A ÚNICA CONSTANTE.
ELE AMA VOCÊ.
VALÉRIA MINHA VIDA. VALÉRIA MINHA MORTE.
UM BRILHO QUE CONHEÇO BEM CRESCE NO FUNDO DE SEUS OLHOS CASTANHOS.

UM CACHORRO.
COMO NÃO PODERIA DEIXAR DE SER.
CUIDADO! CUIDADO!
SCREE
ELA VIRA O VOLANTE PARA A DIREITA POR PURO REFLEXO. SAÍMOS DA PISTA AOS TRANCOS. O CARRO DERRAPA E DESCREVE UMA CURVA APERTADA PELO BARRO, LEVANTANDO UMA COLUNA DE POEIRA. VAMOS DE ENCONTRO A UMA ÁRVORE.

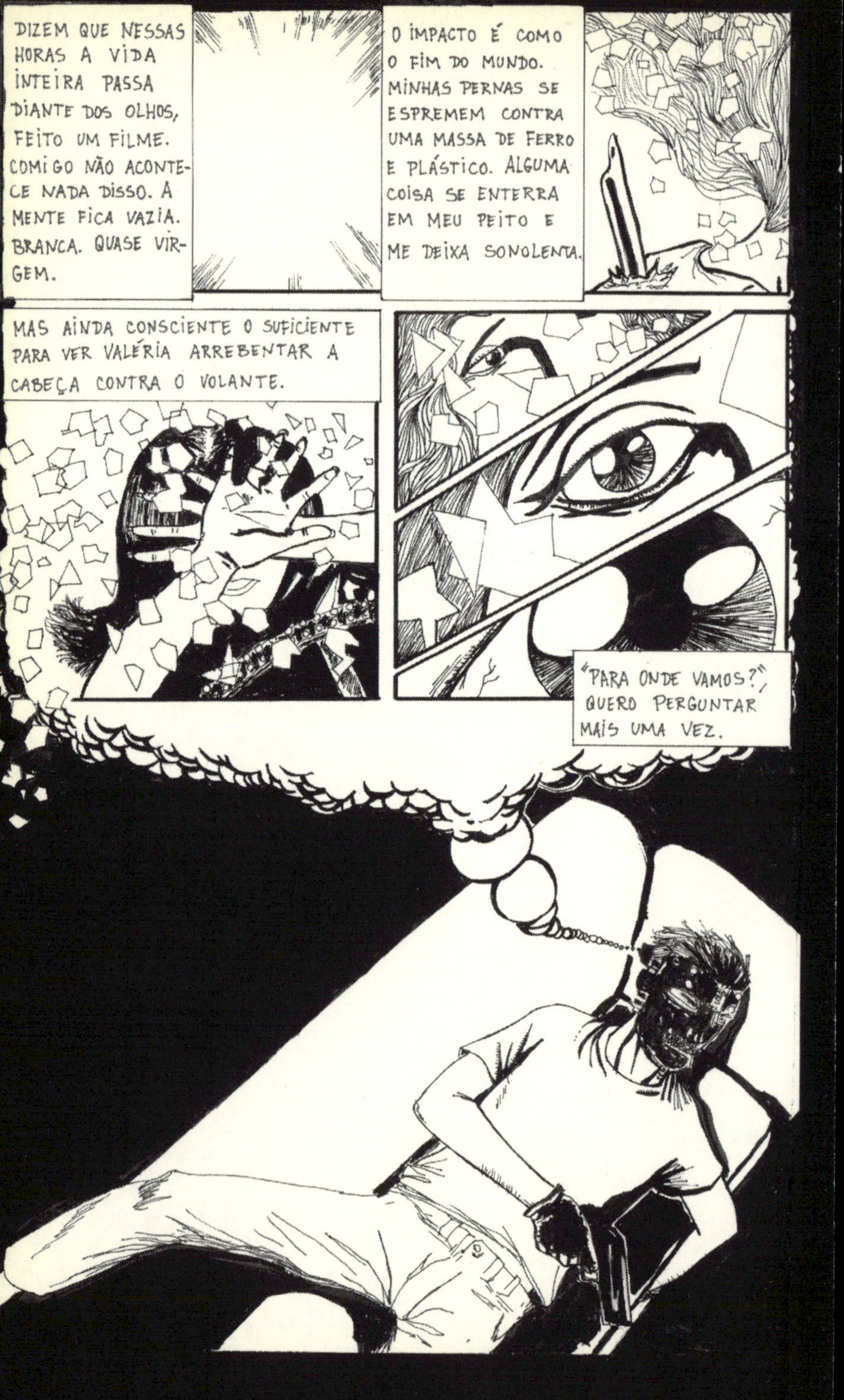
DIZEM QUE NESSAS HORAS A VIDA INTEIRA PASSA DIANTE DOS OLHOS, FEITO UM FILME. COMIGO NÃO ACONTECE NADA DISSO. A MENTE FICA VAZIA. BRANCA. QUASE VIRGEM.
O IMPACTO É COMO O FIM DO MUNDO. MINHAS PERNAS SE ESPREMEM CONTRA UMA MASSA DE FERRO E PLÁSTICO. ALGUMA COISA SE ENTERRA EM MEU PEITO E ME DEIXA SONOLENTA.
MAS AINDA CONSCIENTE O SUFICIENTE PARA VER VALÉRIA ARREBENTAR A CABEÇA CONTRA O VOLANTE.
"PARA ONDE VAMOS?", QUERO PERGUNTAR MAIS UMA VEZ.

(trecho do romance do Sr. Cosmo Kant, que, vale lembrar, não é uma história de amor)

Dizem que uma sombra os seguia por onde quer que fossem. As flores murchavam, as crianças choravam, os animais se escondiam. Quando apareciam, as pessoas sabiam que algo estava profundamente errado. E não estamos falando aqui de carteiras batidas, música alta em bairros residenciais ou brigas de trânsito. Estamos falando de crianças explodindo, terrorismo telúrico, corrupção filosófica, vandalismo contra paradigmas. Coisas sérias, coisas que as pessoas não faziam ideia de existir, mas sentiam na forma de arrepios estranhos, ou naqueles momentos em que todos silenciam de repente numa roda de conversa. Nessas horas, eles estariam nas redondezas em seus carros escuros cheios de segredos, com seus ternos alinhados e suas máscaras de couro e metal, feitas para reprimir qualquer presunção de individualidade.

Como agora.

O Inspetor de Primeira Classe Carvalho saiu primeiro do carro.

– Esse calor não é normal.

– Frivolidades – retrucou o Inspetor de Primeira Classe Oliveira, vindo logo a seguir.

O alvo era o casarão anacrônico do outro lado da rua, o tipo de arquitetura impossível de ser realizada por mãos humanas em tão pouco tempo. Dois furgões pretos estacionaram ali perto. Doze inspetores, com acenos curtos de cabeça, se juntaram aos dois sob as sombras das árvores. Ternos escuros, máscaras de couro, zíperes, movimentos robóticos.

– Fomos informados de que algumas fitas que estão sendo gravadas nesse casarão podem conter Informações Perigosas – disse Oliveira. Ser o mais baixo e fora de forma dos Inspetores não o impedia de cultivar um desagradável olhar de superioridade. – Entrar em ordem, apreendê-las e fechar o lugar. Nada de medidas enérgicas demais, nada de força em excesso. Pegamos o que queremos e saímos. Simples.

– Sim, senhor.

Os inspetores atravessaram a rua. Uma voz distante pediu que se identificassem pelo interfone.

– Academia dos Metafilósofos – anunciou Oliveira, mostrando suas credenciais para a câmera.

Um instante de silêncio. Depois, com um estalo, o portão se abriu.

Os inspetores seguiram por uma trilha de pedras que cortava um jardim de margaridas. Borboletas vulgares voejavam por ali. Um exército de fícus recém-plantados se enfileirava ao longo do caminho, até desembocar num alpendre de tábuas corridas.

Oliveira empurrou a porta de vidro escurecido. Uma lufada de ar gélido os recebeu quando penetraram em um pequeno saguão. Quadros, vasos de plantas, sofás de couro, tudo de muito bom gosto e aparentemente caro. Na mesa da recepção, uma jovem loura e sardenta engoliu o sorriso.

– Olá, meu nome é Ana – disse ela, nervosa. – Em que posso ajudar os senhores?

– Queremos ver Sigmund F.

– Tiveram sorte, hoje o consultório está vazio. Só temos um paciente. Normalmente, isto aqui é um formigueiro. Podem aguardar no sofá enquanto busco um cafezinho.

– Não precisa se incomodar.

– Não é incômodo nenhum, senhor – insistiu a moça, tentando escapar.

Oliveira apertou seu pulso.

– Não precisa se incomodar – ele repetiu, pausadamente. Tirou do bolso do paletó um documento e estendeu diante do rosto dela. – Temos uma Ordem. Leve-nos ao seu homem de lata.

– Desculpe – ela gaguejou. Saiu esfregando o pulso dolorido, soltando olhadelas assustadas por sobre os ombros.

– Por que fez isso? – perguntou Carvalho, em voz baixa. – Você disse “nada de força em excesso”, lembra? Sua rispidez com a jovem me pareceu um bom atalho para esse caminho.

– A mulher está a fim de criar dificuldades. Tenho faro para essas coisas. Nós, Metafilósofos de verdade, nascemos com isso, certo?

Havia um tênue fio de maldade nas palavras dele. Passava despercebido para a maioria dos inspetores, mas atingia Carvalho como uma pequena ferroada venenosa. Não era segredo para ninguém que seu crescimento na hierarquia da Academia dos Metafilósofos desagradava Oliveira, que não o considerava ainda maduro para a liderança de Operações Complexas. Pelo menos essa era a justificativa que frequentemente espalhava pelos corredores. Lá no fundo, algo dizia a Carvalho que essa não era a única razão para as amenidades de presas à mostra do Inspetor Oliveira. Desta vez, não se mostrou atingido pela provocação. Limitou-me a um mero assentimento.

Ana os guiou por uma escadaria forrada com tapetes vermelhos. Parou diante de uma porta de folha dupla.

– É aqui.

Oliveira não esperou ser anunciado. Empurrou um dos lados da porta e entrou. Carvalho foi logo atrás e fez sinal para que os outros inspetores aguardassem.

A sala era grande e tinha um perfume leve que lembrava eucalipto e flor de laranja.

À frente dos dois Inspetores de Primeira Classe, uma imensa parede cheia de monitores de vídeo, e logo atrás dela uma janela panorâmica com cortinas de veludo por onde entrava a embriagante luz do dia. Escurecidos pelo sol ao fundo, uma máquina em forma de gente.

Sobre o divã, seu paciente.

Ao seu lado, mulher mais bonita que o Inspetor de Primeira Classe Carvalho já vira.

Era um lugar de luzes vermelhas, correntes e gaiolas.

Por isso ninguém se espantou quando mais um homem usando máscara de couro entrou.

Era só mais um.

Carvalho jogou algumas moedas sobre o balcão. Recebeu de volta um copo de uísque cheio de gelo. Abriu o zíper da máscara, bebeu de uma talagada e pediu mais. O barman colocou outra dose.

– Dia difícil? – perguntou.

O inspetor passou a manga do paletó gasto pela a testa.

Não respondeu.

Dia difícil? Sim, dia difícil. Como todos os outros, um dia muito difícil, metódico, lento, hermético, distante. Para salvar a pele de sujeitos como aquele. Não precisava gastar suas horas de descanso tagarelando a respeito. O barman poderia sobreviver sem isso.

Sabia que o sujeito estava apenas tentando ser gentil. Mas quem se importa com gentileza, quando o uísque tem gosto de tinta de caneta? As papilas gustativas protestaram, não queriam ser bombardeadas pelo Johnny Walker falsificado. Carvalho deixou o copo de lado e passou a meia hora seguinte observando as pedras de gelo flutuarem pela bebida, derretendo devagar feito minigeleiras. Pessoas entraram e pessoas saíram. Continuou apoiado sobre os cotovelos no balcão cheio de manchas, regurgitando uma bola de sentimento ruim.

Não devia ter ido lá. Não devia tê-la visto, respirado o mesmo ar que ela respirou. Acabou envenenado mais uma vez. Agora seriam longos meses até que pudesse purgá-la do pensamento novamente.

– Homem no bar com cara de melancolia só pode significar uma coisa: mulher – arriscou o barman. Tentou puxar conversa duas ou três vezes depois disso. Carvalho o deixou falar sozinho em todas as tentativas, ora afundando a cara entre os braços, ora simplesmente mandando que ele calasse a boca. Pouco antes das onze, quando o lugar começava a ser mais frequentado, levantou-se e saiu. Sem carro e sem dinheiro para um táxi, tropeçou pelas ruas até em casa, três doses de uísque borrando o mundo.

Individualidade não traz Felicidade.

Não havia elevadores confiáveis no prédio descascado onde morava. Preferia subir os três andares pela escada do que se arriscar numa daquelas armadilhas mortais. Em dias normais, isto é, quando não estava completamente tomado pela ausência de uma mulher que não era sua, subia as escadas em pouco tempo. Mas aquele passava longe de ser um dia normal. Levou dez – quinze, vinte – minutos para percorrer os degraus até o corredor estreito que lhe era familiar. Enfiou a chave na fechadura, girou, e seu mundo era aquele estalo metálico e a saleta tomada pela penumbra que viria a seguir.

Ligou o interruptor. A lâmpada zumbiu e morreu. Ótimo. Perfeito. Atirou o paletó suado na poltrona.

Abriu a geladeira.

Fechou a geladeira.

Voltou para a sala.

O controle da televisão estava largado sobre a mesinha de centro, junto com os restos de um sanduíche cheio de formigas. O ventilador do teto girava devagar, pulverizando uma poeira fina pela sala.

Ela não devia estar lá.

O último trem da noite passou por trás do prédio. Quando isso acontecia o apartamento inteiro tremia como se estivesse no meio de um terremoto. Objetos caíam, as lâmpadas piscavam, as paredes vibravam. Não existia mais nada além do trem nos vinte segundos em que ele atravessava sua vida.

Quando o pandemônio se perdeu na curva da distância, Carvalho escutou batidas na porta.

Abriu.

Era ela.

A mulher que não era sua.

O coração disparou.

Não sabia o que fazer.

Aquela era uma quebra grave de Protocolo e desobediência a uma ordem direta.

Quebras graves de Protocolo e desobediência a ordens diretas significavam punições severas. E punições severas significavam Exílio.

– Você não pode vir aqui – ele disse, sem muita convicção.

– A sorte não bate duas vezes na porta de ninguém – ela respondeu, um sorriso malicioso transformando sua boca numa peça de arte.

Dane-se, pensou Carvalho, e deixou que ela entrasse.

Nas férias de julho, Virgílio ficou esquisito. Não falou comigo por dias. Sem ter com quem brincar, eu passava horas vendo televisão, entediado. Minha mãe percebeu que eu andava pelos cantos. Quis saber o motivo, mas o que eu ia responder? Já havia sido proibido de andar com Virgílio, se dissesse que estava triste por causa dele estaria confessando que a vinha desobedecendo. Não respondi nada. Baixei a cabeça e evitei olhá-la nos olhos para que não percebesse que eu escondia alguma coisa. Ela ficou parada um tempão me olhando, me estudando, esperando.

– Você não vai dizer por que está assim?

– Não é nada.

Eu me perguntava se Virgílio estava me evitando porque havia descoberto minha mentira.

Decidi, então, visitá-lo escondido de minha mãe.

Ele morava numa casa velha com cerca de arames farpados, lá pras bandas do morro. As paredes eram feias, nunca viram uma demão de tinta. Até as árvores eram tristes, secas, raquíticas e desfolhadas. Soprava um vento frio quando parei em frente ao portão de ripas. Deixei a bicicleta de lado e, com as mãos em concha, chamei. Na terceira vez, uma mulher atendeu. Cobriu a distância entre a porta enferrujada e eu com a elegância de um cadáver. Estava muito maquiada, com longos cílios e batom vermelho na boca de beiços grossos.

– O que você quer? – ela perguntou. A voz era indefinida, como se estivesse passando por um funil. Balançava a cabeleira loura para lá e para cá. Era a mulher mais feia e mais alta que eu já vira, e seu pescoço tinha um caroço pontudo que ficava balançando para cima e para baixo, me deixando nervoso e hipnotizado.

– Você é surdo, moleque?

Ajeitou os seios e fez menção de entrar, o que me despertou do torpor em que me encontrava.

– Sou amigo do Virgílio. Posso falar com ele?

Ela fez uma careta impaciente e me pediu que entrasse. Fechou o portão e foi em direção a casa. Fiquei em dúvida se devia segui-la ou não.

– Vai ficar parado aí?

Entrei. Fiquei estarrecido com o estado deplorável da casa. O reboco das paredes estava caindo por cima dos móveis, uns caixotes servindo de bancos, um sofá cujo estofado saltava para fora e uma mesa de armar, dessas que se usa em botecos, essas coisas podiam ser chamadas de móveis? Era a casa de Virgílio, meu amigo tão inteligente. Eu nunca estivera ali, o máximo que chegara foi até o portão. Não queria acreditar que ele vivia em condições tão horríveis.

A mulher me apontou o sofá.

– Senta aí, meu filho. Vou chamar o Virgílio.

Saiu rebolando de um jeito quadrado, como um velho pangaré ossudo. Sentei. Uma mola espetou meu traseiro. A atmosfera embolorada me deixava ainda mais deprimido, como se eu estivesse trancafiado numa prisão subterrânea sem ver a luz do sol, feito o Toupeira. Aquela mulher horrenda tinha mesmo jeito de quem dormia com qualquer um em troca de dinheiro, com aquela cara de travesseiro surrado. Fiquei com vergonha de pensar isso da mãe de Virgílio, sabia como essas coisas o chateavam, mas foi o que pensei.

– Moleque, vem cá – ela grunhiu lá do corredor.

Levantei-me e fui ver o que ela queria.

Havia duas portas ali. Em uma delas estava pendurada uma placa onde se lia alguma coisa em inglês. Pois era justamente diante desta que a mulher se encontrava parada.

– Ele está trancado aí há três dias sem comer quase nada. Vai acabar ficando doente.

Bati na porta.

– Abre, Virgílio, sou eu.

Silêncio.

A mulher passou a mão impacientemente sobre os cabelos. Tinha uma tatuagem de um verde doentio com uma fada pelada no braço, uma coisa insólita que me fez recuar um passo.

Bati outra vez na porta, olhando de esguelha para ela.

– Abra, meu amor – a mãe pediu, quase cantando. Seu hálito fedia a álcool e peixe frito.

Virgílio finalmente respondeu:

– Só abro quando você for embora.

A mulher fez um muxoxo equino e saiu se arrastando. Somente após ter certeza que ela havia ido embora foi que Virgílio abriu a porta, depois de destrancar um ferrolho. Sua cara apareceu na fresta. Mesmo com a escuridão que vinha de dentro do quarto minúsculo era possível perceber as olheiras profundas, os olhos encovados de quem andara chorando.

– O que você quer? – ele perguntou. A frieza de sua voz foi como um tombo de bicicleta.

– Vim ver como você está – gaguejei.

– E por quê?

– Como, por quê?

– Por que veio até aqui? Vive numa casa bonita lá embaixo. Tem até rádio. Pode ouvir música. Pode ouvir notícias da Guerra. Olha a minha casa. Não tem nada aqui. Não queria que você visse o pulgueiro em que vivo.

– Somos amigos. Eu me preocupo com você. Douglas Mortimer e Monco, lembra?

Virgílio ficou calado. Achei que me mandaria embora, mas em vez disso abriu um sorriso. Não era um dos seus sorrisos alegres e expansivos ao qual eu estava acostumado, mas já era um começo.

– O Gordo e o Magro.

– Arqueiro Verde e Ricardito.

– Sam e Twitch.

– Aquiles e Pátroclo – disse ele, com um gesto para que eu entrasse. Depois, como se pensasse melhor, acrescentou: – Não, esses não.

Dentro do quarto só havia uma cama muito velha e alguns livros espalhados pelo chão de terra batida. Como alguém tão pobre quanto ele conseguia tantos livros e revistas?

Uma nesga de luz penetrava pelos buracos na janela coberta com papelão no lugar dos vidros. Espirrei.

– É o mofo – explicou Virgílio. – Esse lugar é muito úmido. Não sei como ainda não sofro dos pulmões. Gosto de pensar em mim mesmo como o Homem da Máscara de Ferro, igual ao livro do Alexandre Dumas que eu te emprestei. Já leu?

Não, eu não havia lido. O livro estava jogado em algum lugar lá em casa.

– Ainda não terminei.

– Termina. É o único jeito de ficar esperto de verdade.

Sentei-me na cama. Não havia colchão, apenas cobertas fazendo volume. A mãe de Virgílio apareceu com dois copos de café e pão com manteiga. Ele a fuzilou com os olhos.

– A senhora pode fazer o favor de ir embora?

Ela abriu a boca como quem ainda queria argumentar, mas saiu sem dizer nada. Virgílio bateu a porta atrás dela.

– Não devia tratar sua mãe assim.

– Quem disse que essa é a minha mãe? – perguntou.

– Ora, ela mesmo – respondi, sem entender.

Virgílio gargalhou até ter um acesso de tosse. Quando conseguiu se controlar, disse:

– Se fosse minha mãe de verdade, me tratava feito filho de verdade. Não fazia as coisas bestas que ela faz não, como passar o tempo todo cantando música que não combina com mulher direita e andando por aí com vagabundo bêbado nas vistas de todo mundo. Ela só ama a cachaça, nada mais que a cachaça. Sinceramente, eu nem sei de onde ela tira dinheiro pra comprar comida. Não gosto nem de pensar, mas acho que ela aceita dinheiro desses vagabundos dos botecos, igualzinho todo mundo fala. O pior é que de uns dias pra cá, enfiou um sujeito aqui em casa, um tal Gonçalo. Diz que é um amigo, mas amigo não dorme no mesmo quarto nem faz os barulhos que eles fazem. Eu não gosto de ouvir. Cubro a cabeça com meu travesseiro e fico assobiando até ter certeza que acabou. Esse Gonçalo acha que já é o dono do pedaço. Manda em tudo, diz que vai me corrigir, faz minha mãe de capacho e ela aceita. Mas estou de olho aberto. Não saio de casa até esse cara sumir daqui.

Engoli em seco. Minha cara deve ter ficado mais vermelha que um pimentão – não daqueles pimentões verdes, é claro, os pimentões vermelhos. Era esse o motivo do comportamento taciturno de Virgílio. Ele chutou os copos de café, apanhou uma das fatias de pão e arremessou a outra na parede.

– Eu não vou viver assim pra sempre.

– O que vai fazer?

Antes de me responder, Virgílio foi conferir se a mãe estava ouvindo atrás da porta.

– Estou bolando um plano – sussurrou, cheio de mistério. Ofereceu-me a fatia de pão. Antes que pudesse pegá-la, ele a soltou no chão. O lado da manteiga caiu virado para baixo.

– Vou embora desse lugar. Estou desenhando uma história

em quadrinhos. Quando encontrar uma editora, nunca mais apareço nestas bandas. Vou ter muito dinheiro quando for um desenhista de verdade.

Tentei tirar a areia grudada na manteiga com o dedo.

– Como você vai conseguir dinheiro para viajar? Vai precisar de muito, muito mesmo.

Virgílio sorriu satisfeito.

– Eu já disse: está tudo no meu plano. Se eu seguir à risca, tudo vai dar certo. Só preciso terminar de desenhar a história. Vou levar ainda alguns dias. Não vou fazer mais nada até terminar, nem à escola eu vou. Quando estiver prontinha, embrulho tudo numa caixa e levo comigo. Vai ver se não vou.

– E como é a história que você está desenhando? – eu quis saber.

O sorriso de Virgílio conseguiu ficar maior ainda:

– Você vai saber na hora certa.

Nem naquele dia, nem nos dias seguintes, Virgílio me mostrou a história que estava desenhando. Fui até sua casa algumas vezes, com cuidado para minha mãe não descobrir, mas ele nunca dizia coisas muito lógicas. Limitava-se a resmungar coisas a respeito do pai e jogar pedaços de pão com manteiga na parede, esperando que eu fosse embora para voltar a rabiscar nos seus cadernos da escola. Até que um dia disse para eu não aparecer mais por lá que o tal Gonçalo não queria. E sumiu. Não aparecia mais na Goiabeira Secreta, nem ia mais para trás do muro da igreja com as meninas, nem ficava mais seguindo a Luíza de longe. Nem em sua casa me atendia mais. Eu me perguntava se ele estava ficando doido, igual as pessoas diziam, ou se as coisas em sua casa estavam piorando.

As aulas recomeçaram e nem sinal dele. Sem nada para fazer, eu ia para a escola e voltava para casa, onde ficava o tempo todo escutando rádio sem a menor vontade, atento apenas às notícias. Tinha uma Guerra acontecendo lá fora, uma guerra muito grande.

Tentei ler o livro do Homem da Máscara de Ferro, mas estava tão chateado que desisti na página doze. Sem o Virgílio eu não era ninguém, voltava a ser o garoto que não conseguia ler e descontava a raiva num saco de areia montado na mangueira do quintal.

Numa terça-feira, uma bolsa plástica cheia de papel picado apareceu na minha porta. Minha mãe não me deixou mexer, disse que era macumba e jogou na lata do lixo. Quando ela foi ao mercado, uma ou duas horas depois, espalhei o papel picado pela mesa da cozinha. Eram páginas desenhadas à nanquim. Tentei montá-las como um quebra-cabeça usando fita adesiva. Não consegui, mas encontrei uma folha dividida em apenas quatro pedaços. Nela estava escrito: *O Alienado, por Virgílio*. Então eu entendi. Haviam arrancado dele até a esperança.

(trecho do romance do Sr. Cosmo Kant, furiosamente arrancado do caderno de notas e atirado no lixo)

Do alto da Torre dos Metafilósofos era possível ver a Cidade-Centro se estender até o Vazio. Era como uma fotografia, uma paisagem estática e imutável, as partes mais distantes desaparecendo em manchas brancas.

Dois homens estavam ali, em silêncio.

Um deles era o Inspetor de Primeira Classe Carvalho.

O outro era o Líder. Sua figura não era das mais imponentes: não muito alto, magro da pele colar sobre a fina camada de carne, olhos fundos por trás dos óculos, um rosto fino e comprido de ave de rapina. O relatório da incursão ao consultório psiquiátrico e a subsequente desativação do androide não autorizado estava em suas mãos. De quando em quando, arquejava a sobrancelha esquerda como se esbarrasse com uma vírgula fora de lugar, um adjetivo deslocado. Era atento aos detalhes, nada escapava de sua análise criteriosa, de seu julgamento quase fanático, do seu fervor inquisitorial: como primeiro entre os Metafilósofos, sua função era justamente zelar pelo bom andamento do Cronograma e garantir que cada peça da engrenagem estivesse impecavelmente ajustada.

Terminou a última página do relatório, balançou levemente a cabeça e entrelaçou os dedos. Com os cotovelos apoiados no parapeito, parecia se agigantar sobre Carvalho. Ocupava toda a Torre, sugava todo o oxigênio. Exigia um tremendo esforço da parte do inspetor não permitir que sua postura desabasse diante da expressão rigorosa e indecifrável do Líder.

– Fez um excelente trabalho ao confiscar aquelas fitas, Inspetor de Primeira Classe Carvalho – disse, conferindo rapidamente o nome na parte de baixo do relatório.

– Obrigado, senhor.

– No entanto, aqui diz que houve exaltações físicas durante o procedimento.

Carvalho não conseguiu descobrir se aquilo era uma reprimenda ou simples constatação.

– Sim, senhor.

– Envolvendo nosso objeto de interesse e o Inspetor de Primeira Classe Oliveira.

– Sim, senhor.

– Resultando em um nariz quebrado.

– Sim, senhor.

Ele bebeu de uma grande caneca fumegante, sem tirar os olhos pontiagudos do inspetor.

– As coisas foram longe demais. Precisamos retomar as rédeas da situação. A Academia dos Metafilósofos não poderá contar com a passividade de nosso objeto de interesse por muito tempo.

– Talvez nosso agente consiga reverter o quadro, senhor. Salvar o Plano Original.

O Líder massageou a testa com as pontas dos indicadores.

– Não – ele respondeu, mais para si próprio que para Carvalho. – A única forma de salvar o Plano Original é reconstruindo as estruturas implantadas nos primórdios. Com nossas próprias mãos. O estrago já está feito. Em grande parte causado pela incompetência daquela meretriz emplumada.

Qualquer forma de relacionamento afetivo e/ou sexual entre colegas de Academia era expressamente proibida. Mas isso não diminuía o desconforto de Carvalho ao ouvi-lo se referir a ela daquela forma.

– É imperativo que aparemos as pontas soltas – ele acrescentou. – Desaparecer com os problemas antes que causem danos irreparáveis.

– Sim, senhor.

O Líder entregou-lhe uma pasta marrom.

– Este sujeito não identificado foi visto várias vezes no epicentro de estranhas flutuações que registramos nas zonas periféricas da Cidade-Centro – explicou, enquanto o inspetor examinava uma foto em preto e branco do que parecia ser um tipo de artista de rua. Na parte inferior estava rabiscado à caneta: Forasteiro. – Não sabemos ao certo quem ele é. Está envolvido em alguma coisa grande. As leituras residuais revelaram um padrão interessante.

Carvalho correu os olhos pela página timbrada que lhe era mostrada:

001110101101010100101001001010010100100100101010
010100101001001010010101001010010101110011001001111
110010101001001010101010101001010010010011101

– Isso parece código binário – disse Carvalho. – O que isso significa?

– Que, seja quem for, não é daqui.

A foto seguinte fora tirada por satélite. Um amontoado de pequenas caixas vistas de cima, com uma minúscula área circulada com caneta vermelha.

– Existe algo nesse lugar. Algo perigoso o suficiente para

desestabilizar a Cidade-Centro e influenciar negativamente nosso objeto. Estou designando você e o Inspetor de Primeira Classe Oliveira para averiguar a situação na região. Quero que sondem o sujeito, descubram quem ele é, se trabalha para o Inimigo e se significa perigo para nós. É uma avaliação em duas frentes. O Inspetor Raposa também está investigando a anomalia, infiltrado em camadas inferiores.

Carvalho não ousou olhá-lo diretamente nos olhos.

– Gostaria de pedir uma coisa, senhor.

Uma cordilheira de rugas se desenhou na testa longa do Líder.

– Pois fale, inspetor.

– O Inspetor de Primeira Classe Oliveira não é adequado para trabalhar comigo, senhor. Sua postura é incompatível com a minha, e isso pode comprometer toda a operação. Gostaria que fosse substituído por outro agente.

O Líder ficou em silêncio, ruminando pensamentos. Medindo a gravidade das palavras do inspetor. Limpou as lentes dos óculos com lenços de papel retirados de uma caixa, conferindo-as contra a lâmpada ligeiramente azulada da luminária.

– Pois bem. Outro inspetor será designado para acompanhá-lo.

Carvalho ajeitou a gravata.

O dia seria quente.

Um corredor cheirando a desinfetante de eucalipto, ladeado por pequenas janelas de vidros grossos. O dia lá fora estava particularmente bonito, um céu de azul profundo como se recém-pintado. E havia beleza ali mesmo, no longo pedaço de caminho entre o cubículo onde Carvalho tinha uma mesa abarrotada de papéis e o almoxarifado: um vaso de cerâmica de onde brotavam antúrios vermelhos, quase artificiais de tão vivos. A Cidade-Centro inteira seria uma profusão de beleza luxuriante enquanto pudesse sentir o cheiro *dela* em seu corpo.

O Inspetor de Primeira Classe Oliveira surgiu de uma porta ao final do corredor, copo descartável cheio de café fumegante na mão, um imenso curativo tapando o nariz quebrado, a máscara de couro pendurada no cinto. Ao ver Carvalho, balançou a cabeça como quem tivesse acabado de encontrar o que procurava, o canto da boca se entreabrindo e deixando escapar uma bafejada quente. Não parecia feliz em vê-lo, sacudindo o dedo com mais veemência à medida que se aproximava.

– Pensei que fôssemos amigos – ele disse, a voz anasalada pelos esparadrapos.

– Do que está falando?

– Você pediu ao Líder que me afastasse de um trabalho por (como foram as palavras que usou?), "não ser adequado" – enterrou o indicador no peito de Carvalho. – Eu ensinei a merda toda que você sabe, seu puto.

– Sim, pedi. É um trabalho complicado. Sabe o que significa? Não vamos esfregar mandados na cara de moças por aí.

Oliveira contraiu o rosto. A testa formava rugas curvadas que lhe conferiam a aparência de um animal acuado.

– Sei o que está tentando fazer. Não vai conseguir – jogou o copo no chão. Seus olhos cuspiam facas. – Não vai roubar o meu lugar. Acabo com você antes.

Tirou Carvalho do caminho com o ombro e desapareceu pela porta atrás dele.

Carvalho olhou para os sapatos sujos de café. Apenas vinte minutos, e seu humor já estava escorrendo pelo ralo.

A primavera chegou e as flores da minha avó Úrsula começaram a vicejar. Eu gostava de ajudá-la a cuidar do jardim porque sempre ganhava uns trocados. Mas nessa primavera ela morreu antes que a gente pudesse começar a trabalhar. Cuidei sozinho de tudo, e as flores que brotaram naquele jardim agora tão triste enfeitaram seu túmulo.

Enviaram um telegrama para meu pai, informando da morte. Ele estava embarcado no dia e não pôde comparecer ao enterro. Disseram que o Araraquara estava num porto lá no estrangeiro, Longe Mesmo, e não ia dar tempo dele chegar. O pai era homem de família, coisa para ele importantíssima, estando à frente de qualquer coisa no mundo. À frente até mesmo do seu amor pelo mar e pela aventura. Ele costumava dizer:

– Se não cuidarmos uns dos outros, filho, ninguém cuida.

Seu nome era Santiago, batizado assim porque seu pai era um espanhol devoto do santo que, muito tempo atrás, apareceu para o exército cristão que combatia os mouros.

Meu pai era valente. Dizia ter lutado contra terríveis piratas que roubaram sua viola favorita e uma foto de minha mãe. Pescou tubarões gigantescos e enfrentou tempestades terríveis. Vivia inúmeras aventuras em seu trabalho de marinheiro. Voltava para casa uma vez a cada seis meses. Às vezes, demorava um pouco mais. Quando isso acontecia, vinha morrendo de saudade, uma expressão de urgência sulcando a cara sempre alegre. Trazia panos para minha mãe costurar vestidos bonitos e maços de papéis amarelados com as histórias que ele queria me contar na hora de dormir, mas o tamanho do mar não deixava.

Eu sabia, lá no fundo, que ele daria um jeito de vir para casa mais cedo quando soubesse que a avó Úrsula havia morrido. Ia entrar pela porta com seu sorriso bonito, a barba azulada, e daria um jeito de espantar todo aquele vazio de morte que viera habitar nossa casa. Nem que para isso fosse preciso tomar um submarino Inimigo e vir ele mesmo pilotando a embarcação por baixo dos mares até aqui.

Uma noite, dormi com esse pensamento me pesando na imaginação. Meu pai herói. Meu pai que saberia o que fazer. Veio-me um sonho, e este sonho se passava no mar. Parecia filme que a gente vê no cinema: as águas do oceano estavam agitadas, açuladas pela borrasca da noite. Ondas gigantescas castigavam o navio onde ele estava. Não era o Araraquara, era outro. O capitão, um homem feio de tapa-olho e dentes escuros, xingava e blasfemava na companhia de outros homens que tremiam de medo da tempestade. Atrás deles, meu pai lia o telegrama fatídico. Sua mãe estava morta. Ele apertou o papel entre os dedos e se dirigiu ao capitão:

– Preciso que o senhor dê a volta, capitão. Tenho que ir embora para o funeral da avó Úrsula.

No meu sonho era assim mesmo que ele se referia à sua mãe: avó Úrsula. São estranhos, os sonhos.

O capitão olhou para ele com seu único olho, incrédulo. Depois gargalhou, metralhando perdigotos:

– Perdeu a cabeça, Santiago? É impossível mudar o curso agora. Morreremos todos se fizermos essa loucura.

Meu pai contraiu os lábios, vestiu sua jaqueta e foi para o convés. Não podia sacrificar os companheiros.

– O que vai fazer, homem? – perguntou o capitão atrás dele.

– O que um homem deve fazer: amparar os seus – ele respondeu, subindo na amurada. – Adeus, amigos.

– Não seja louco – gritaram os marujos.

Meu pai, então, respirou fundo e, com um brado heroico, saltou para as águas escuras.

Igual a uma baleia terrível, um submarino veio à tona ali perto. Dezenas de marinheiros Inimigos brotaram da escotilha carregando suas armas. Meu pai subiu a bordo, distribuindo socos e pontapés antes que os soldados pudessem atirar. Lançou-os aos montes no mar. Desceu pela escotilha, derrubando todos que apareciam tentando impedi-lo.

– Levem-me ao comandante, chucrutes – ele ordenou.

Cansado de apanhar, o imediato, em cima de uma pilha de marujos nocauteados, apontou para a câmara onde se encontrava seu superior, um velho de capote encolhido de medo num canto. Meu pai entrou, altivo e encharcado, e parou diante dele.

O velho levantou os olhos devagar, como se fitasse um titã magnífico.

– O que você quer? – ele perguntou, os dentes batendo de tão assustado.

Papai abriu um sorriso branco de herói.

– Uma carona para casa.

Foi esse, o meu sonho.

Contei-o para o Olavinho, no dia seguinte.

– Que sonho mais babaca – ele debochou, gargalhando na minha cara. – Só podia vir de um besta feito você.

Baixei a cabeça, arrependido de ter dividido meu sonho com aquele paspalhão. Virgílio jamais riria de mim, mesmo se achasse tudo uma besteira sem tamanho. Mas havia muito tempo que ele não aparecia.

Fui para casa caminhando devagar pela Rua de Cima, onde

as copas das árvores se juntavam para formar um túnel verde sobre o caminho, no qual o sol só penetrava aos pouquinhos. Fui chutando uma pedra até em casa.

Quando passei pelo portão enferrujado, ouvi música vinda da sala casa. Isso não era uma coisa muito comum por lá, pois minha mãe era daquelas que não deixava ninguém ligar o rádio sem a presença do homem da casa por perto: o que iam pensar os vizinhos?

O aparelho despejava a voz de Ataulfo Alves:

O bonde de São Januário
Leva mais um operário
Sou eu que vou trabalhar

Entrei com o coração aos pulos. Quem gostava dessas canções lá em casa era meu pai.

E lá estava ele, sentado em sua poltrona de costume, pitando devagar seu cachimbo e cantarolando, a barba azulada, minha mãe aninhada nos braços. Pairou os olhos castanhos sobre mim e imediatamente senti que tudo estava bem.

– Olá, Cosmo.

Ele era a única pessoa em todo o mundo cuja boca pronunciava meu nome com dignidade, não para debochar ou para demonstrar insatisfação. Não admitia que fosse diminuído por um apelido bobo. Cosmo. Não era nome de santo, tipo Cosme. Era maior que isso, era o Universo. Eu era Cosmo. Ele próprio o escolhera, para prever-me a grandeza futura.

– A benção, pai – cumpri o que o protocolo exigia de mim e me atirei em seus braços.

Eu estava lá quando ele ouviu pela boca de mamãe sobre a morte de avó Úrsula. Ouviu tudo com os olhos brilhando. De vez em quando respirava fundo, tentava engolir o choro.

Por fim, não aguentou: chorava, o meu pai. O herói dos meus sonhos era homem também, gente comum que sentia a partida da mãe feito menino. Homem do mar, bruto, acostumado ao ar de grosserias e friezas dos marinheiros, ele não tinha vergonha de expor as lágrimas para sua mulher e filho. Ao ver minha expressão atônita, colocou-me no colo como se eu ainda fosse criancinha e disse:

– Homem chora também, Cosmo. Se a causa for importante ou a dor for volumosa, homem chora também.

E continuou chorando em silêncio, a tarde inteira, diante do retrato da mãe tirado em dia de feira, apertando a imagem dela contra si e murmurando de vez em quando um padre-nosso.

À tarde fomos visitar o túmulo da avó Úrsula. Papai vestiu o terno que reservava apenas para a missa ou a quermesse e colheu flores no jardim.

Apesar do horário, o zelador permitiu nossa entrada no cemitério.

O tempo ameaçava chuva. O vento via rolando folhas pelo chão, chiando quando elas raspavam nos cascalhos. Um pingo esparso acertou meu nariz. Olhei para as nuvens e fiquei a adivinhar suas formas enquanto meu pai conversava coisas de filho diante da sepultura. Deitou, por fim, as flores sobre a lápide, despediu-se e veio ao meu encontro. A expressão parecia mais leve, como se algo negro estivesse começando a se dissipar, deixando-o livre para olhar o mundo para o qual por tão pouco tempo regressara.

– E então, Cosmo. Que acha da gente sair para pegar uns peixes? Saímos bem cedo amanhã, quando os galos começarem a cantar. Pode levar aquele seu amigo também.

– O Virgílio? – perguntei, ansioso.

– Sim. Pode convidar ele também.

Deixei cair os ombros, desolado.

– Que cara é essa?

– Minha mãe não me quer andando com ele. Diz que ele é má companhia e vai me transformar em coisa ruim.

Meu pai balançou a cabeça, pensativo, e não tocou mais no assunto.

Quando passamos pelo portão, o zelador nos cumprimentou com um aceno e comentou da chuva que não tardava.

– Não é pra agora não – respondeu meu pai. – Já vamos estar em casa há muito tempo quando desabar o toró.

O zelador riu.

A chuva nos pegou no meio do caminho. Chegamos em casa encharcados como se tivéssemos mergulhados no rio de roupa e tudo. Mamãe trouxe toalhas, reclamando horrores da poça enorme que se formava no carpete.

– Olha só, olha só. E Cosmo ainda acaba doente.

Para espantar o frio trazido pela chuva, ela nos serviu sopa de feijão. Era como seu eu estivesse num filme envelhecido, ou numa memória distante. Até o mundo parecia diferente, mais simples, mais *interiorano*, quando meu pai estava por perto e seu Escudo de Energia Paterna estava ativado.

– Como é bom estar em casa – disse meu pai, inspirando o aroma que subia da tigela. – No mar não temos uma comida dessas. Sintonize o Ataulfo Alves, Cosmo.

O aparelho só cuspia estática.

– Deve ser essa chuva. As nuvens estão atrapalhando as ondas.

– Ondas?

– Ora, Cosmo, não sabia? Longe Daqui tem uma torre muito alta que transforma música, notícia, discurso do Chefe em ondas e as joga para o céu. Parecem aqueles círculos que se formam quando a gente atira pedra na água. Porque a onda está viajando em todas as direções ao mesmo tempo até chegar ao nosso rádio.

– E como o senhor sabe de tanta coisa?

– Revistas, jornais, livros. Em cada porto que paro dou um jeito de me abastecer com bastante coisa para ler. Trabalho muito durante o dia, mas à noite, antes de dormir, tiro pelo menos uma hora para ler um pouquinho, e assim vou aprendendo – meu pai limpou a barba com as costas da mão. – Meus companheiros dizem que estou perdendo tempo com tanta letra, mas e eu lá dou ouvidos. Não se deve escutar quem diz tamanha besteira, mesmo se a voz que disser isso seja a sua própria. Só sobrevive nesse mundo quem se esclarece o suficiente para perceber a exploração e a injustiça.

Mamãe balançou a cabeça:

– Santiago, Santiago. Você está falando igualzinho a um daqueles comunistas que querem acabar com o país.

Meu pai dirigiu a mim um olhar agudo:

– Está vendo o que quero dizer, Cosmo? Sua mãe tem medo dos comunistas. Pergunte a ela o porquê.

– Por que você tem medo dos comunistas, mãe?

Ela engoliu a sopa, confusa. Tentou dizer algo, perdeu-se, voltou ao prato. Engoliu outra colherada do caldo. Olhou-me de esguelha. Eu continuava a sustentar a pergunta, o queixo erguido.

– Porque... Bom, porque todo mundo tem medo dos comunistas, ora. Eles querem transformar nossas casas num Deserto, igual fizeram com Quase Tudo ao Redor da Cidade. São vândalos que sequestram crianças, esse tipo de coisa.

– Viu? – gargalhou papai. Não era uma gargalhada boa. Era sombria, como se ecoasse de uma caverna profunda. – Sua mãe tem medo dos comunistas porque todo mundo tem; e todo mundo tem porque tem alguém dizendo que é para ter. Meus queridos, temos uma ditadura no comando e ela censura todas as formas do povo saber das coisas, assim ninguém vira ameaça.

– Você é um subversivo agora, Santiago? É nisso que seus amigos do mar estão te transformando? – rugiu mamãe.

– Não. Só quero que meu filho pense com a própria cabeça e que não fique aceitando tudo o que lhe dizem sem questionar, sem refletir a respeito. Se for para falar bem do Governo a partir de conclusão própria, que fale.

– Quer que seu filho acabe preso, é o que quer? Que Cosmo seja um desses agitadores sem ocupação que vivem com um livro debaixo do braço sem produzir nada de útil?

– De forma alguma. Não quero que ele seja nada além do quiser ser. Padeiro, pedreiro, médico. Os livros só vão ajudá-lo a não ser capacho de ninguém.

– É bem assim que as coisas são. Você vem, enche a cabeça do menino de besteiras, depois vai embora e me deixa aqui para segurá-lo antes que se meta com gente que não presta.

Sinal vermelho. A conversa começava a se dirigir para um ponto perigoso. Ela ia falar do Virgílio, tentar fazer a opinião do meu pai contra ele. Se conseguisse levar meu pai para o seu lado, a proibição se tornaria ainda mais poderosa.

– Está falando do menino Virgílio? – papai me surpreendeu ao perguntar.

Prendi a respiração.

– Estou falando dele mesmo – respondeu minha mãe.

– Vou levá-lo para pescar.

– O quê?

– Amanhã, Cosmo e eu vamos até a casa do menino convidá-lo para se juntar a nós na pescaria.

– Mas ele é um marginal. Ele mente, rouba, briga pela rua.

Acabei não me contendo:

– Mentira!

Ela me olhou como se fosse me empalar com o cabo de vassoura.

– O que é isso, rapaz? Onde está o respeito pela sua mãe?

– ralhou meu pai. Murchei na cadeira. – De qualquer forma – voltou-se para ela – a pescaria vai servir para que eu pessoalmente analise o garoto e tire minhas próprias conclusões. Se é boa ou má influência, vou saber amanhã. E acabou o assunto, certo?

Diante de nossa resposta afirmativa, ele sorriu e retornou à sopa.

(trecho do romance do Sr. Cosmo Kant, no qual o inspetor encontra o Forasteiro)

As zonas periféricas da Cidade-Centro são como sonhos ruins, pensou o Inspetor de Primeira Classe Carvalho, tamborilando os dedos no volante. Ao seu lado estava o Inspetor de Segunda Classe Coelho. Sua máscara deixava à mostra a parte da boca, mas seus dentes jamais apareciam. Era um Metafilósofo de nível inferior, mas ambicioso o suficiente para não desperdiçar a oportunidade que fiz cair sobre seu colo. Substituir um agente mais graduado poderia fazê-lo alcançar degraus mais altos, e ele sabia disso. Por isso a postura tensa, o quase imperceptível balançar da perna direita. Bem melhor que a prepotência infinita do Inspetor de Primeira Classe Oliveira. Ainda mais ali, naquele lugar que era como sonho ruim.

O trânsito estava parado por causa da quantidade de opalas corroídos de ferrugem que afluíam das ruas laterais. Carvalho engatou a ré, mas os veículos que vinham de trás começaram a se amontoar, bloqueando a passagem. Viu uma brecha à esquerda. Girou rápido a direção e acelerou, mas um sedã carcomido surgiu de repente e ocupou o espaço, forçando-o a enterrar o pé no freio.

Uma orquestra desafinada de buzinas.

Coelho segurou-se no assento, a boca aberta sem revelar nenhum dente. Carvalho deixou o motor morrer. Acabou enviesado na pista, cercado por dúzias de veículos em ruínas. Deu a partida, o motor gemeu e apagou. Continuou insistindo, até o carro desistir da vida e morrer de vez.

O pior de tudo é o formato estúpido da boca vazia do Inspetor Coelho.

Socou o volante. O motorista do sedã baixou o vidro e exigiu que ele tirasse o carro dali por causa disso, daquilo, blá, blá, blá, palavrório dispensável que entrava por um ouvido do inspetor e saía por outro. Mandou-o tomar no rabo. Ao ver o rosto forrado de couro negro, o homem engoliu em seco, arreganhou as ventas e tornou a fechar o vidro. O inspetor pôs a cabeça para fora da janela e o mandou tomar no rabo ainda mais alto.

– Isso é mesmo necessário? – perguntou Coelho, em tom de censura.

– Não sei do que está falando.

– Estou ficando preocupado, Inspetor Carvalho. Está manifestando flutuações de humor incompatíveis com sua posição. Pode nunca ser um dos Iguais, se continuar dessa maneira.

– Não quero ser um Igual.

– E por quê?

– Gosto da individualidade que tenho e não quero que a arranquem de mim.

Nenhum dente a vista.

– Individualidade não traz Felicidade.

– Eu sei, eu sei.

– É desdém que estou captando na sua voz?

– Olha, só estou impaciente. Esse lugar, esses carros. Isso acontece com os da Primeira Classe. Esqueça isso.

O Inspetor de Segunda Classe Coelho voltou a olhar para a rua.

– Entendo, senhor – disse. – Posso ligar o rádio numa das estações previamente estabelecidas?

– Claro.

Os dentes jamais apareciam.

Quinze minutos depois as coisas continuavam iguais, os carros entalados na subida do viaduto com os inspetores atravessado no meio feito uma espinha de peixe numa garganta. Carvalho queria poder ver tudo do alto, um monte de caixinhas se corroendo de ódio, frustradas pela imobilidade, logo eles, reis da velocidade. Mas tinha de se contentar com o calor, a poeira e os chiados do rádio tocando música sertaneja.

Um menino de casaco amarelo apareceu no topo do viaduto, caminhando pelo corredor de carros. Vinha descendo com toda a calma. Parou, olhou ao redor e começou a mostrar o dedo médio para um grupo de crianças na janela traseira de um automóvel. Sonho ruim, pensou Carvalho. Só quando se aproximou mais é que pôde perceber: tratava-se de uma menina com os cabelos raspados. Ela vendeu alguns chicletes para o motorista do sedan e se afastou ensaiando passos de dança. Súbito, percebeu os olhares severos dos inspetores. Por um instante, ela ficou completamente imóvel. Sua boca abriu um sorriso lento. Então ela se aproximou devagar. Deu duas batidinhas na janela de Coelho.

– O que você quer? – perguntou ele, abrindo o vidro até a altura dos olhos. Levou a mão ao coldre, mas desistiu a um gesto do parceiro.

– Moço, compra umas balas pra me ajudar? – grunhiu a menina, a voz carregada de uma tristeza teatral.

– Vá embora – respondeu Coelho. Já fechava outra vez o vidro quando ouviu:

– Você é um Metafilósofo.

A menina abriu o casaco e revelou um colete recheado de explosivos.

– Não são bem-vindos aqui.

Coelho viu a expressão diabólica e paradoxalmente ingênua da menina se transformar em medo, quadro a quadro, enquanto seu ventre se abria e as vísceras voavam dentro de uma nuvem de fogo. O ar vibrou e a onde de choque transformou as janelas em fragmentos pontiagudos, que passaram por ele arrancando pedaços de carne; e atrás dela a explosão crescendo em sua direção.

Para Carvalho, a explosão foi uma pancada na velocidade da luz, que substituiu sua audição por um agudo contínuo e espalhou o Inspetor de Segunda Classe Coelho pelo teto e bancos do carro. O teto pareceu de repente próximo demais da sua cabeça, e então a porta, e outra vez o teto. O carro havia sido arremessado por cima dos outros veículos. Olhou para o alto e viu o céu entre a janela e o corpo destruído do colega. Queria gritar, mas algo apertava seu pescoço e impedia sua respiração. O cinto o enforcava, a máscara era um estorvo, o cheiro da pólvora se transformava numa massa dentro da boca e só o que ele conseguia pensar era nos dentes de Coelho voando pelos ares.

Conseguiu destravar o cinto. Arrastou-se pela porta destruída, o corpo se arrastando por pedaços de plástico e fragmentos metálicos. O primeiro impulso foi deitar no asfalto e esperar a cabeça parar de girar. Uma criança havia explodido metade do carro e desintegrado um inspetor. A merda de uma criança da zona periférica do Limbo, quase um fantasma. Conseguiu ficar de pé. Ouvia a gritaria das pessoas como se viesse do outro lado do mundo, mas elas estavam bem ali, escapando de seus veículos sucateados, correndo feito baratas por entre a fumaça e as cinzas.

A mancha preta e gordurosa pelo asfalto era o sangue do

Coelho. Alguém havia usado uma criança para cometer aquela atrocidade. Ainda devia estar por ali, admirando sua obra de arte. Carvalho olhou a multidão que o rodeava, uma gentinha arredia, com medo de oferecer ajuda, baixando as caras magras quando seu olhar deitava sobre eles. Só uma figura parecia não se encaixar ali. Estava ao lado de um poste sobrecarregado de fios, encolhido dentro de uma capa de chuva amarelada. Carvalho foi em sua direção. A figura disparou viaduto acima, saltando por cima dos carros.

Uma palavra rabiscada em vermelho veio em sua cabeça, misturada aos ecos da explosão que amorteciam seus tímpanos: forasteiro, forasteiro, forasteiro, forasteiro. Aquele era o Forasteiro. Mesmo desorientado, Carvalho seguiu-o por entre os carros, esforçando-se para não perder o vulto amarelo de vista. No ponto mais alto do viaduto, o Forasteiro interrompeu a fuga e voltou-se para ele. O inspetor tateou o coldre em busca da arma e soltou um palavrão: ela não estava mais ali.

Dez metros abaixo, a rodovia. Dezenas de carros iam e vinham distribuídos em seis pistas esburacadas, deslocando o ar num caos sonoro.

– Não resista, vai ser melhor para você – avisou Carvalho, mas a quem queria convencer? A explosão o arrasara.

O Forasteiro não respondeu. Simplesmente apontou para longe, lá onde a estrada tocava a linha do horizonte. O inspetor forçou os olhos para tentar enxergar o que ele mostrava, mas não havia nada lá além de carros, prédios esmaecidos e nuvens cinzentas.

– Eu sei quem você é e o que veio fazer – o Forasteiro respondeu. Um rápido movimento e já estava atrás do inspetor, torcendo seu braço. – Nossa carona – disse, apontando para um caminhão que surgia na estrada lá embaixo. Carvalho tentou se desvencilhar, mas sentiu a pressão no braço aumentando. Tombou de joelhos. – Inspetor de Primeira Classe

Carvalho, corroído por desejar uma mulher que lhe é proibida – acrescentou o Forasteiro. Ergueu o inspetor pelo colarinho e o arremessou do viaduto. Em seguida, saltou atrás.

O fôlego de Carvalho congelou-se entre o peito e a garganta. O mundo era silêncio, só o ar chiava baixo no ouvido. A queda curta de quatro metros se estendeu por quilômetros. O Forasteiro girou o corpo numa cambalhota e caiu em cima da caçamba fechada do caminhão com a graça de um ginasta olímpico, bem diferente de Carvalho: seu ombro esquerdo chocou-se com a carroceria metálica, e imediatamente uma dor fria se expandiu por todo o braço.

O caminhão atravessou o viaduto.

Carvalho ergueu os olhos e viu o Forasteiro de pé, as costas ligeiramente arqueadas pelo vento. Ele fez sinal para que o inspetor permanecesse como estava até que o viaduto ficasse para trás. Carvalho tentou recompor a respiração. Estava velho demais para esse tipo de coisa.

– Quem é você? – perguntou, arfante. Queria arrancar aquela máscara, mas isso também era Quebra Grave de Protocolo.

A figura levou o indicador aos lábios, pedindo silêncio. Depois apontou para baixo, onde dois lixeiros viajavam perto do compactador, pendurados nas alças de ferro. Um caminhão coletor de lixo. Por isso o cheiro.

O veículo deixou a rodovia e penetrou numa rua devastada. Algumas pessoas apareciam nos portões carregando sacolas plásticas e as despejavam em latões nas calçadas. Os lixeiros saltavam e recolhiam todo o lixo depressa. Quando percorreram toda a rua, o compactador foi acionado, liberando um fedor de frutas podres e restos azedos de comida.

O Forasteiro sentou-se com as pernas dobradas. Quando o caminhão diminuiu a velocidade para fazer a curva na praça, ele se levantou e fez um sinal de que desceria ali.

– Para onde está me levando? Sou um agente dos Metafilósofos, não pode fazer isso – disse Carvalho, a voz débil.

O Forasteiro não ouviu, ou fingiu que não, e saltou na calçada, desaparecendo em seguida no interior de um boteco arruinado. Para Carvalho, a descida foi mais difícil: agarrou-se como pôde na carroceria e deixou o corpo escorregar quando os lixeiros não podiam vê-lo. Encostou-se em um muro de tijolos. Outro dia ruim.

Minutos depois, o Forasteiro retornou. Ofereceu-lhe um pouco de café morno num copo plástico.

– Para o estômago enjoado.

Carvalho bebeu um gole, sentiu o gosto ruim e jogou o resto fora.

– O que está planejando? – perguntou.

A resposta foi um sorriso enigmático. O Forasteiro enfiou a mão enluvada no bolso e puxou de lá um pífaro. Subiu no banco de um ponto de ônibus abandonado e começou a tocar uma melodia suave. Como numa fábula, a música viajou a partir do instrumento e penetrou nos becos, vielas e buracos. Crianças brotaram de todos os cantos, meninos e meninas de diversas cores e idades, e foram se amontoando ao redor dos dois homens.

O Forasteiro deu duas piruetas, saltou para o chão e atravessou o grupo de crianças saltitando numa perna só. Elas o seguiram pela rua até chegarem até um pequeno corredor entre um bordel e uma sala com um letreiro em acrílico onde estava escrito *compra-se ouro*. Sem parar de soprar sua melodia, o Forasteiro parou ao lado da entrada e as convidou a entrar. Em fila indiana, como um bando de ratos encantados, elas foram entrando pelo beco cheio de musgo e chegaram num terreno baldio no fundo das lojas do quarteirão.

Brotando de um tufo de capim amarelo, embaixo do cadáver de uma goiabeira, havia um pequeno teatro de marionetes, um quadrado de metro e meio de largura por dois de altura, feito de caixotes de feira e pregos enferrujados, com um pedaço de lona preta fazendo às vezes de cortina. As crianças sentaram-se à frente do teatro, as pernas cruzadas e os olhares ansiosos.

Mais escorregadio que uma cobra, o Forasteiro conduziu o Inspetor de Primeira Classe Carvalho ao último lugar da fila.

– O show vai começar – ele disse, e desapareceu no interior do pequeno teatro. Por alguns minutos, tudo o que se ouviu foram os ruídos de seus preparativos.

Algo dentro do inspetor gritava que ele não devia ter bebido aquele café.

METAFILÓSOFOS ARRANCAM CORAÇÕES

Um parque de diversões cheio de telas, é o que esta sala é, cada uma delas exibindo o rosto magro, a barba cuspindo fios cinzentos. O Dr. Sigmund F. está sentado em sua poltrona, um corpo de plástico e alumínio cobertos por um belo terno, o tubo catódico se projetando do pescoço. Faz uns barulhos estranhos, como se estivesse engasgando, e daí cospe um cartão de uma ranhura logo abaixo da ridícula gravata borboleta.

Leio:

DIAGNÓSTICO-PADRÃO Nº09

Os problemas estão relacionados a um trauma enterrado em algum ponto do subconsciente, emergindo através de sonhos simbólicos e alucinações, nos quais se projeta em outras mulheres o ideal da mãe. É uma espécie de Complexo de Édipo. Inconscientemente o paciente se enoja e se arrepende de manter relações com a mulher que idealiza com sua mãe. Seu ego considera isso monstruoso, ao passo que seu id luta com ardor para que realize seu desejo oculto. A luta permanente entre desejo e repressão gera o estado enfermo em que o paciente se encontra agora. Todos os direitos reservados.

– Está dizendo que eu estou doido porque quero transar com a minha mãe, é isso? – pergunto.

– O que estou tentando explicar é que o senhor, conscientemente, deseja sua esposa. O que é natural. Em contrapartida, seu subconsciente pode ver nela a representação santa de sua mãe. Assim, mesmo sem perceber, o senhor acha que está cometendo um ato impróprio. Esse conflito está tornando cada vez mais necessária a utilização de outras áreas cerebrais para manter sobre controle as influências implícitas nele, o que está deixando sua capacidade de monitoramento e interpretação da realidade menos eficiente. Como resultado, seus sentidos interpretam como reais elementos que estão vazando da batalha interior.

Faço menção de me levantar.

– Não se levante ainda, eu lhe peço – Sigmund F. gesticula. Seu rosto, em todas as telas, está fechado e muito sério. – Posso ajudá-lo.

– Essa ladainha não está me ajudando em nada.

– Se o senhor não se tratar, se continuar andando por aí neste estado, sua enfermidade pode se agravar. Pode se machucar ou machucar alguém. Seu caso é muito interessante para a comunidade científica, senhor <buscando arquivo: cliente: Cosmo K., Cosmo>. Estou disposto a tratá-lo gratuitamente se me conceder o direito de usar seu caso em um livro que estou preparando. Chama-se *Cyber Die traumdeutung*. Será sobre a interpretação de sonhos, e gostaria muito de usar os seus, se me permitir. A idealização de sua esposa como sua mãe tem uma causa, e é aí que devemos procurar. Baseado nas informações que me deu, essa causa não pode ter sido a morte dela, já que conheceu sua esposa algum tempo antes de sua mãe morrer. Assim, devemos buscar as raízes de sua fixação na sua infância, e não no fim da adolescência.

– Não me lembro quase nada da minha infância, doutor. Não poderei ajudá-lo com minhas memórias.

Uma dúzia de rostos, o mesmo rosto, meneia a cabeça como se já esperasse que eu dissesse coisa parecida.

– Tenho uma solução para isso – ele diz. – Há alguns anos eu assisti a uma experiência de um colega, Br.euer, que cuidava de um caso de histeria. À medida que a mulher relatava fatos ocorridos na época em que contraíra a doença, os sintomas iam se atenuando. É o que pretendo fazer com o senhor.

– Acho que já disse que não me lembro de muita coisa da minha infância.

– Neste caso, Br.euer usou um método que eu também usava, mas que abandonei. Infelizmente, creio que não há outro meio de chegarmos ao âmago de suas lembranças sem fazer uso dele.

– E que método seria esse?

– Hipnose.

Três coisas sobre as quais sempre tive enorme curiosidade: a) transar com duas mulheres; b) viajar no tempo; c) ser hipnotizado. Essa pode não ser a ordem das preferências.

– Isso deve ser legal.

– Posso rodar o programa agora, se o senhor assinar uma atualização do Termo de Responsabilidade.

– Só se minha mulher puder ficar aqui comigo.

Maria Cecília é chamada na sala. Acomoda-se numa cadeira grande e, fazendo uma careta de apreensão, cobre o rosto com uma pequena máscara. Sigmund F. põe uma fita nova no gravador e diminui ainda mais a luz da sala. Aproxima-se de mim, retirando do bolso do paletó um pequeno relógio dourado.

– Agora peço que relaxe.

Tento fazer o que ele pede.

Músculos tensos, duros feito concreto.

Cansado. Fatigado.

Amolecendo.

A carne parece formigar enquanto me desprendo dela e levito pelo quarto.

Para dentro de mim mesmo. Só que desta vez não posso encontrar nada lá além de um fosso negro.

A sonolência ainda é familiar.

Concentro-me num quadro que vi há muitos anos, um céu de nuvens brancas e distantes, tão distantes que pareciam mais altas e importantes do que o próprio azul.

Toda a tensão abandona meus nervos.

Leve como uma pena.

Isso não é coisa do relógio: um gás suave foi liberado na sala.

Sigmund F. pergunta se pode levar adiante a sessão. Diante de minha afirmativa, ele ergue o relógio dourado como se fosse um pêndulo.

– Olhe fixamente – diz, diminuindo o volume do módulo vocal.

Achava que essas coisas só aconteciam em desenho animado.

– Você está ficando cansado, cada vez mais cansado. As pálpebras estão pesadas.

Há apenas a voz me preenchendo agora, incitando-me a mergulhar outra vez em coisas que julgava perdidas, e a cujo impulso não resisto.

O bebê está no berço diante de mim. Movimenta pernas e braços como um besouro emborcado, exibindo um sorriso sem dentes e um halo angelical.

Minha irmã.

Aproximo-me devagar. Sou tão alto como um gigante, os olhos envolvidos por uma nuvem preta que apenas a perversidade infantil é capaz de produzir. Quero assustá-la, quero enforcá-la até sentir seu corpo amolecer. Quero que ela vá embora e me deixe aqui com minha mãe.

Em minhas mãos, meu tesouro enferrujado.

Arma perfeita para enfiar na barriguinha dela. Balanço o alfinete devagar. Olho nos seus olhos. Antes que eu possa espetá-la e satisfazer meu desejo de vingança, uma tia aparece e, nervosa, me tira dali. Minha mãe grita comigo, diz coisas ruins, lampejos estranhos no fundo de seus olhos, e eu choro. Eu vou ser bonzinho, mamãe, eu vou ser bonzinho.

Tudo fica escuro, tudo fica claro.

A primeira coisa que vejo são os olhos grandes de Maria Cecília sobre mim, e logo atrás dela o rosto de Sigmund F. numa tela.

Dois homens de terno entram pisando firme.

Homens com máscaras de couro.

Um deles é alto e magro, cabeça triangular terminando em um queixo fino e comprido. Dom Quixote. O segundo homem é baixo. Atarracado. Movimentos cheios de superioridade enquanto olha tudo ao redor. Um Sancho Pança arrogante. Apesar das diferenças físicas, a sintonia burocrática e fria de seus movimentos os torna praticamente idênticos, saídos da mesma ninhada produzida em laboratório. Logo atrás deles vem Ana F., a secretária-projetista, pedindo mil desculpas, murmurando qualquer coisa sobre ter tentado impedir aquela grosseira entrada fora de hora.

– O que significa essa invasão? – o corpo do Sigmund F. se levanta, indignado.

O mais alto faz um sinal com dois dedos magros para seu companheiro, que lhe entrega um documento timbrado, imediatamente exibido a todos nós.

– Sou o Inspetor de Primeira Classe Carvalho e este é o Inspetor de Primeira Classe Oliveira – apresenta-se o homem.

– Temos um mandado para apreender todos os registros referentes aos pacientes deste estabelecimento.

– E sob que alegação? – pergunta Sigmund F.

O Inspetor Oliveira se adianta e encara uma das telas com severidade.

– Atos contrários aos interesses comuns. Irregularidades nos documentos entregues ao Arquivo. Uso irregular de Inteligências Construídas para fins psiquiátricos. Ligações clandestinas de energia. Desvio de medicamentos controlados. Posso recitar as acusações o dia inteiro, se quiser – respondeu ele.

Para mim nada daquilo faz sentido.

Ana F. baixa o rosto, resignada, e convida os homens a revistarem o consultório.

Os inspetores agora se voltam para mim. Maria Cecília me abraça e pede que para que eu não diga nada. Não entendo a razão de todo mundo estar assustado. O gordo atarracado estica o pescoço para fora da porta e dá uma ordem. Doze homens igualmente vestidos adentram a sala, esbarrando em Ana F. e espremendo-a no batente da porta como se fosse um tubo de pasta de dente.

Sob a supervisão do Gordo e do Magro, os inspetores revistam a sala. Acendem luzes, abrem janelas, reviram gavetas, desarrumam livros, espalham papéis pelo chão. Depois de reunirem em uma pilha no meio da sala tudo o que consideram suspeito, entre documentos e fitas, trazem caixas, enfiam tudo dentro, lacram e levam porta afora.

Ana F. é solicitada a fornecer as notas fiscais dos componentes de Sigmund F. e seu registro médico. Ela corre para apanhar um diploma na parede e o mostra aos inspetores. Eles o jogam numa das caixas que estão sendo levadas para fora e apontam para as telas.

– Essa coisa não pode continuar ativada. Precisamos confiscar as baterias.

– Eu não sou uma coisa – protesta o Sigmund F.

Ana F. dá dois tapinhas no ombro dele e sussurra alguma coisa. Os rostos nas telas me encaram.

– Acabe seu romance – Sigmund F. diz. Depois fica parado, e dá para ouvir um zumbido cada vez mais fraco desaparecendo no ar, como se sua vida estivesse se apagando feito uma chama de vela. Seu peito faz um estalo suave e ejeta um pequeno cilindro metálico. Ana F. o retira com cuidado e coloca no saco plástico que um dos inspetores lhe estende. Então o coração do Sigmund F. é lacrado, levado embora e ele está morto até que se decida o contrário.

– Por que não faz alguma coisa? Ligue para um advogado – digo.

– Não posso. Não posso – choraminga Ana F.

– Não pode aceitar esta arbitrariedade.

O Inspetor Oliveira se aproxima da poltrona onde Sigmund F. jaz morto e pega o gravador que ele ainda tem nas mãos.

– Isto também está confiscado.

Os inspetores ignoram meus protestos.

Levam embora o gravador.

Não posso aguentar mais.

– Minha fita vocês não levam.

Quebro o nariz do Inspetor de Primeira Classe Oliveira com um murro.

No que estou pensando, porra?

O homem cai urrando de dor e raiva, o rosto cheio de sangue.

Maria Cecília grita e cobre os olhos com as mãos, enquanto a secretária-projetista tenta apaziguar a situação dizendo coisas sobre ego e id que ninguém dá a mínima.

Os outros inspetores soltam as caixas que carregam e vêm

em minha direção. Cercam-me. Tento decorar o nome e o número que cada um deles carrega no crachá para encaminhar uma queixa formal, mas são tantos Pintos, Carneiros, Pereiras.

– O que fazemos com este cidadão, senhor? – pergunta o Inspetor Coelho. – Prendemos?

Oliveira se levanta com a ajuda de Carvalho. Limpa o sangue do nariz com um lenço.

– Não. O Cronograma deve ser seguido à risca. O agente indicado ainda pode mantê-lo sobre controle – ele diz, observando com assustadora fascinação o sangue escuro que lhe suja as mãos. – Ponham-no para fora daqui. Ele e qualquer um que não seja funcionário do estabelecimento, antes que eu perca minha cabeça.

Os homens agarraram Maria Cecília e eu. Ela está assustada. Eu me debato, grito, ameaço. Para minha surpresa (e, devo confessar, decepção), somos colocados para fora com gentileza, antes de baterem a porta na nossa cara.

E foi assim que nos vimos repentinamente expulsos do consultório de Sigmund F. pelos obscuros e onipresentes Metafilósofos, que eu julgava existirem apenas no romance que eu escrevia.

AMARELADA FEITO LEMBRANÇA

Saímos antes do dia clarear.

– Parece que dormi dez minutos – bocejei. Ajudava meu pai a arrumar as varas de pesca e a preparar uns sanduíches.

– Molengão. Olhe só para mim: não dormi a noite inteira.

– Não?

– Não. Passei a madrugada em claro com sua mãe, aham, conversando. Após seis meses fora, tínhamos muito assunto para colocar em dia.

Ele me pareceu estranhamente constrangido. Mas não passei muito tempo pensando no assunto. Pegamos a estrada às seis horas de uma manhã amarelada feito uma lembrança. Fomos primeiro à casa do Virgílio. Subimos o morro. A chuva da noite transformara a rua de barro num lamaçal pavoroso, difícil de transpor. Duas vezes afundei no atoleiro, e lá teria permanecido preso se meu pai não tivesse por perto. Levou-me para a beira da estrada, onde crescia um mato rasteiro.

– Se formos pisando o mato, dá para evitar esse barro todo.

Fizemos assim. Logo estávamos lá em cima, diante do barraco de Virgílio, que se encravava no barranco. Meu pai chamou duas vezes e aguardou. Ninguém respondeu, então ele abriu o portão e entrou.

Bateu na porta. Uma luz se acendeu lá dentro. Alguém começou a resmungar.

– Quem é? – perguntaram.

Papai empertigou-se:

– Santiago da Silva. Se não for incômodo, gostaria de falar com o menino Virgílio.

A porta se abriu o suficiente para a cara ossuda do tal Gonçalo aparecer.

– É um pouco cedo, não acha?

– O senhor me desculpe a falta de jeito.

Verdadeiro chacal, Gonçalo nos estudava, desconfiado.

– O que querem com o moleque? – perguntou, a voz fina sibilando por entre os dentes. Eu podia ler no rosto do meu pai que ele também não gostava daquele lugar, e menos ainda do homenzinho desprezível que nos atendia.

– Viemos convidá-lo para pescar.

Gonçalo mastigou a língua por alguns instantes. Joana apareceu na porta, a maquiagem borrada. A alça da blusa caía sobre o ombro, talvez propositalmente, exibindo um decote generoso.

– Bom dia, senhora – cumprimentou papai.

– Bom dia – ela respondeu, num tom ligeiramente mais afetado que o normal. Gonçalo empurrou de volta para dentro, mandando que chamasse Virgílio. Depois nos mandou esperar ali fora.

– Que família – piscou meu pai, depois que a porta bateu atrás de nós. – Tenho pena do seu amigo.

– Eu também.

Lá de dentro vieram vozes. Falavam baixo para que a gente não ouvisse. Algum tempo depois, a porta se abriu e Virgílio apareceu, desmazelado como alguém que carregava tamanha vergonha nas costas que se via incapaz de erguer o rosto. Estava magro, mais magro ainda do que era sua natureza. As roupas, velhas e gastas, deixavam-no com o aspecto patético de moleque espichado demais. Esticou o braço num cumprimento reverente ao meu pai e a mim dirigiu um quase imperceptível aceno de cabeça.

– Vai pescar com a gente? – meu pai perguntou, tentando quebrar o bloco de gelo. Virgílio apenas fez que sim com a cabeça e saiu caminhando à nossa frente. Até mesmo meu pai, que não convivia com ele, percebeu que havia algo muito errado.

Gonçalo apareceu na porta. Gritou:

– Lembre-se do que conversamos.

Uma pedra alta se erguia das águas ruidosas do rio. Virgílio estava sentado no topo dela, os braços em torno do joelho.

Meu pai e eu, cada qual com uma linha lançada no rio, olhávamos as nuvens esculpidas pelo vento. Naquele ponto, a margem subia abruptamente, formando uma elevação arredondada salpicada de tufos de capim onde o sol chegava mais forte.

– Ele não disse nada até agora. Só fica lá naquela pedra – eu disse, mais para mim mesmo.

– Deve ter acontecido alguma coisa. Devia ir lá falar com ele – papai retrucou.

– Eu?

– Você, ué. Ele não é seu amigo? Então. Vai se abrir contigo.

Não tinha muita certeza de que ele se abriria comigo. Mesmo assim, tirei a camisa e atravessei o rio em direção à pedra, com a água pouco acima da cintura.

– Oi – eu disse. Tentei escalar a pedra, escorreguei no limo e despenquei de costas na água fria.

– Tem que se firmar nessas ranhuras aí – Virgílio explicou, quando voltei à tona. Em seguida se arrependeu e levou as mãos à boca.

Usando as ranhuras, escalei a pedra e sentei-me ao seu lado.

– O que houve com o seu dente?

Ele desviou o rosto.

– Nada.

– Eu vi. Seu dente está quebrado.

– Me deixe em paz.

– Quero saber o que houve.

– Eu caí. Só isso.

Acreditei. Por que não acreditaria? Virgílio me contara seu plano ultrassecreto para eliminar [*preencha com seu ditador favorito*] e salvar a democracia. Não mentiria sobre uma coisa tão besta quanto um dente quebrado.

Longe dali, papai teve um sobressalto. Algo mordera a isca e puxava com força.

– Ei, meninos! Me ajudem aqui que esse é dos grandes! – gritou ele, excitadíssimo. – Depressa, depressa!

Segurava a linha com as duas mãos, os pés firmemente plantados no chão.

– Vamos lá.

– Mas esse ribeirão não tem peixe pra tanto – disse Virgílio, sem muita convicção. – É muito raso.

Arrastei-o comigo para onde meu pai lutava contra a fera aquática. Agarramo-nos na linha e ajudamos a puxar.

– Força, homens – bradava meu pai. Um sorriso ameaçou nascer no rosto de Virgílio: estava se divertindo, afinal. A linha afrouxou-se de repente e caímos os três de costas. Rimos.

– Viu só, rapazes, que peixão enorme acabou de escapar de nós? Foi por um tantinho só.

– Não tinha peixe nenhum – disse Virgílio, disfarçando o dente quebrado. Papai percebeu, mas fingiu que não.

– Não, não tinha – admitiu. – A linha estava presa num galho. E com Cosmo se arrastando pra cá e pra lá, não há peixe que se arrisque nestas bandas. Mas serviu pra você falar alguma coisa.

– Um truque óbvio – disse Virgílio.

Foi então que abri minha grande boca:

– O Virgílio estava com vergonha porque o dente dele caiu.

Ele me olhou furioso:

– Linguarudo.

– Todo mundo fica banguela de vez em quando – contemporizou meu pai. – Duas ou três vezes na vida, mais ou menos. Minha mãe, Úrsula, usava uma dentadura, que guardava dentro de um copo d'água na hora de dormir. Uma noite acordou com sede e, sonolenta, bebeu a água com dentadura e tudo. Não adivinham o que aconteceu.

– O quê? – perguntei.

– Ela ficou com dentes na boca do estômago – ele completou, com um sorriso. Virgílio balançou a cabeça.

– É a piada mais boba que já ouvi.

– Sabe quem me contou? Seu pai.

– O senhor conheceu meu pai? – Virgílio estremeceu.

– Você não é o filho do Rubens? Pois então. Conheci seu pai.

– Ele era um ladrão.

Espantei-me com o rancor na voz de Virgílio.

– Ele fez escolhas erradas – meu pai tentou amenizar. – Mas, ao fim de tudo, era uma boa pessoa.

– Não, não era boa pessoa coisa nenhuma. Boa pessoa não faz o que ele fez e condena o filho a essa droga de vida. Vou acabar igualzinho a ele.

– Você não vai seguir os passos dele, se não quiser.

– Não é o que todo mundo pensa. É o meu destino: filho de peixe, peixinho é. Estão certos. Todo mundo está certo.

– Conhecendo o Rubens como eu conhecia, o pior castigo que recebeu foi não poder ver você crescer. Não poder desentortá-lo quando se desviasse um pouquinho. Um homem longe do filho é um homem pela metade.

Hoje entendo que ele provavelmente estava falando de si próprio, do tempo excessivo que passava longe de casa, da família. Meu pai respirava fundo, como se estivesse muito cansado.

– Mas eu sou igual a ele – Virgílio confessou, os ombros caídos.

– O que você fez?

– Roubei coisas.

– E o que você roubou?

– Livro. Biscoito. Coisas pra desenho.

– Pois faça uma lista de tudo. Faço questão de pagar. Coisa paga não é coisa roubada. Assim você zera a consciência e fica tudo mais ou menos encaminhado. Mas tem de prometer nunca mais vai fazer esse tipo de coisa.

Virgílio iluminou-se:

– Prometo.

Depois disso, ele ficou um pouco mais tranquilo. Riu, brincou, nadou, descansou. Lá pelo meio-dia, quando mastigávamos os sanduíches ouvindo o rio bater nas pedras, acabou revelando: Gonçalo quebrou-lhe o dente por se recusar a pedir a benção. Meu pai engoliu o sanduíche e ouviu tudo em silêncio. Não era homem de acreditar em criança em detrimento de adulto. A cara que ele fez, porém, era diferente da cara que fazia ao ouvir moleque falar mentira.

– Seria melhor ter pedido a benção – limitou-se a comentar.

Recolhemos nossas coisas e subimos o rio em busca de um lugar mais propício à pescaria. Enquanto o dia passava e nada – absolutamente nada – mordia nossas iscas, papai contou histórias. Primeiro, para deleite de Virgílio, contou da infância de seu pai e suas traquinagens, como da vez em que Rubens bebera o vinho da missa e ajudou o padre nos ritos completamente embriagado. Depois mudou para histórias fantásticas sobre bravos marinheiros em combates épicos, monstros do oceano profundo, piratas malévolos e tormentas pavorosas. Falou sobre a derrota da Invencível Armada espanhola diante dos ingleses; falou da batalha de Trafalgar, onde Villeneuve e Nelson travaram um grande duelo de almirantes; dos submarinos nazistas que infestavam os mares, dando muita dor de cabeça para os navios.

– Você não tem medo, seu Santiago? – perguntou Virgílio.

– Não. Se calhasse de eu morrer no mar, ficaria até feliz. Não consigo pensar na ideia de terminar meus dias numa cama de quarto igual a todo mundo. Marinheiro morre é no mar – ele cuspiu longe um talo de mato que tinha na boca e acrescentou:

– Além do mais, os nazistas nunca teriam coragem de tomar qualquer atitude hostil contra navios neutros.

De súbito, calou-se. Acho que havia se lembrado da Bélgica.

(trecho do romance do Sr. Cosmo Kant, no qual ele coloca o inspetor contra uma Entidade Coletiva Niilista)

Um chiado de agulha de vitrola.

As crianças emudeceram de expectativa. Algumas roíam as unhas sujas. Uma menina tremia e dava tapinhas nos joelhos, com um sorriso tão largo que pareciam alcançar as orelhas. As cortinas de lona preta se abriram e revelaram um cenário desenhado com giz de cera em cartolina, uma campina florida com um castelo borrado em segundo plano, as torres cinza-esverdeadas contrastando com um céu azul gorduroso.

Os clarins soaram outra vez. Uma placa subiu da parte de baixo do palco. Dava para ver parte da mão enluvada do Forasteiro. Dizia: *O Alienado.*

A pequena plateia explodiu em retumbante entusiasmo.

No palco, uma borboleta de arame e papel crepom surgiu e começou a voar para cá e para lá, batendo as asas com a ajuda de um palito de churrasco enrolado em fita adesiva, e de quando em quando parando nas flores rabiscadas na cartolina.

Como música de fundo, a vitrola tocava uma melodia engraçada que o inspetor poderia jurar já ter ouvido naquelas cenas de manhã na fazenda dos desenhos animados.

Uma voz, feminina e adocicada, começou a contar uma história.

Carvalho não via mais as crianças. Agora elas não passavam de um bando de cabeças escuras e contornos esmaecidos. Só ouvia a voz e sentia a vibração lhe acariciar o cérebro, formando imagens cada vez mais nítidas, até que ele percebeu com um sorriso que estava diante de uma campina florida, um castelo, um céu e uma borboleta. Não eram mais de arame e plástico, mas de algo verdadeiro, viçoso, orgânico, pulsante; não era num palco feito de caixotes que via a paisagem, mas nas formas invisíveis que a voz delineava no espaço. Era uma voz familiar, a voz *dela*, talvez, e enquanto sussurrava ele captava as imagens que exprimia uma borboleta ziguezagueando pela paisagem. Depois de beijar três ou quatro botões de flores, ela sentiu-se sonolenta. Pousou sobre uma pedra para descansar e admirar o castelo tão bonito. A visão da borboleta (e de Carvalho) se encheu de névoa branca, a carne relaxando, as pálpebras caindo. E parecia tão maravilhoso, o castelo, devia ter jardins majestosos, e como seria bom morar lá e voar e voar e voar.

O cenário mudou de repente: agora era um jardim no interior das muralhas.

Havia flores de todos os tipos, estações e lugares: acácias, cravos, rosas, margaridas, girassóis, tulipas, antúrios, azaleias, jacintos, copos-de-leite, orquídeas. No meio delas, despertando de um cochilo de fim de tarde, havia um boneco vestido como servo medieval. Mesmo sendo feito de feltro e espuma, e a mão do Forasteiro estivesse entrando por dentro dele até a cabeça, era incrível como a voz de açúcar da narradora desorientava os tímpanos até a beira do desequilíbrio e fazia o inspetor e as crianças enxergarem uma pessoa, uma pequena pessoa, feita de carne, ossos e pelos, cujos olhos brilhavam tão vivos quanto os seus. Esse Forasteiro é um gênio, pensou o inspetor, ou então me pôs algum alucinógeno no café. Mas àquela altura já não importava mais: ele queria mesmo estar ali, sentado com um bando de crianças perdidas, aproveitando cada gole do caldo caleidoscópico que lhe era oferecido.

O pequeno servo deu três rápidas piscadelas para umedecer os olhos, esfregou com a manga da camisa rota a baba que lhe escorria pelo canto da boca e levantou-se depressa para espantar os últimos vestígios de sono. No lugar onde estivera dormindo na última meia hora a grama assumiu a forma de seu corpo. Vestiu o gorro vermelho e viu as últimas borboletas do finzinho da tarde. Suspirou: elas não precisavam se preocupar em limpar o estrume fedido dos cavalos do senhor. Só em voar. Como seria delicioso dançar pelas flores, carregado por pequenas asas multicoloridas, tal qual o sonho que tivera há pouco, onde não passava de uma borboletinha maravilhada com as dimensões titânicas do castelo.

Abriu os braços e fingiu voar por entre as flores. Percorreu todo o jardim voando ao som do pífaro do Forasteiro e da voz esplêndida, passou pela fonte de pedras musgosas, rodopiou aos pés do tronco de onde brotavam as orquídeas, saltitou entre os roseirais. Quando se cansou, sentou-se no banco de madeira pintado de branco e ficou observando o céu, imaginando os magníficos jardins que deviam existir fora dos muros, e como seria bom se pudesse visitá-los de vez em quando. Ficou ali até seu senhor o chamar para alimentar os cavalos e engraxar suas botas. Depois dos afazeres, tomou uma tigela de sopa de legumes, comeu uma fatia de pão preto. Então foi para seu pequeno quarto. Deitado no catre desconfortável, tentou sonhar outra vez que era a borboleta admirada que voava lá fora, além dos muros, alem das tarefas, além de tudo.

O castelo ao fundo. A borboleta estava parada no mesmo lugar onde a plateia a viu pela primeira vez, o corpo trêmulo num estágio entre consciência e inconsciência, assustada demais com seus pensamentos para voar dali: *meu Deus*, pensava ela, sem ter mais absoluta certeza de sua identidade. Era uma borboleta que sonhou ser um homem, ou um homem que sonhou ser uma borboleta? Ou uma borboleta que sonhou ser um homem que sonhou ser uma borboleta que sonhou ser um homem?

A vitrola chiou, engasgou, grunhiu e cuspiu *Around the Bend*, no que Carvalho imaginou ser o tema de encerramento. As cortinas de lona se fecharam. As crianças aplaudiram.

– Você aí. Não vai se levantar para aplaudir? – perguntou um garoto de boné virado para trás. Carvalho percebeu que era o único ainda sentado.

– Não vou aplaudir nada – respondeu, sem saber ao certo a razão.

As crianças entreolharam-se, horrorizadas.

– Obrigado – disse o Forasteiro. Estava sentado no topo de seu teatro de caixotes, balançando as pernas e segurando um cavaquinho debaixo do braço.

O inspetor Carvalho balançou as mãos num gesto de impaciência. Havia esquecido algo importante.

– O que está acontecendo aqui? Quem é esse homem?

As crianças sacudiram a cabeça como se estivessem diante de um caso perdido de ignorância e estupidez.

– Como assim, quem é ele? É o maior artista do mundo, ora bolas – elas explicaram entre os dentes. Dava para sentir o ódio pulsante nas bocas pequenas delas. Carvalho achou melhor calar a boca e deixar a festa fluir até ver onde ia dar.

– As coisas ditas na escuridão serão ouvidas na luz – o Forasteiro disse.

Tudo soou estranhamente familiar para o inspetor. Como se fosse *perigoso*.

– E o que sussurram no seu quarto – ele acrescentou – será exposto no alto das casas, ou até mesmo no alto de um teatro feito de caixotes de feira, porque chega a hora em que não se pode mais negar que algo ao redor está terrivelmente errado e as traves e argueiros devem ser retiradas dos olhos para que se enxergue a verdade.

O inspetor limpou o suor da testa com a manga do paletó. De repente, estava tão quente. Alguma coisa parecia querer voltar para sua cabeça, forçando os limites de sua mente para entrar.

Perigoso. Subversivo. Ameaça.

Como uma lâmpada que se acende, o inspetor Carvalho lembrou-se do porquê de estar ali.

– Você está preso – ele disse, ainda hesitante. – Desça daí com as mãos onde eu possa ver.

As crianças rosnaram. Carvalho esperou as bombas explodirem.

Nada explodiu.

O Forasteiro estava de pé, olhando com gravidade para a entrada do beco.

O inspetor se virou e viu um grupo de pessoas esquálidas com garrafas, porretes, estiletes e correntes entrar pelo corredor e bloquear a passagem. Habitantes das zonas periféricas. Quase fantasmas.

– Eu falei para você parar com isso, não falei? – disse um homem de jaqueta jeans e óculos espelhados. Mastigava um palito com a boca aberta.

– Falou – retrucou o Forasteiro.

– Não falei para parar de entupir os ouvidos da pivetada com toda essa merda? Elas estão começando a perguntar demais. E criança que pergunta é uma coisa chata, ficam por quê, por quê, por quê. Não trabalham, não são úteis, viram parasitas perguntadores. E atraem gente indesejada pra cá.

O inspetor Carvalho deu uma olhada nas crianças ao seu redor. Magras, sujas, descalças, maltratadas, exploradas.

– Apenas conto histórias, Marco – replicou Virgílio. – Só quero fazer com que parem de aceitar qualquer paradigma.

– Paradigma? Porra, é isso mesmo, paradigma? Escutaram só essa, pessoal? Ele fica falando difícil para impressionar a gente e acha que vai funcionar.

Burburinhos ofendidos.

Marco baixou os óculos para que se visse melhor o Vazio de seus olhos, enquanto com a outra mão balançava um porrete cheio de espigões enferrujados.

– O caso é que não é fácil enganar o papai aqui – continuou ele. – O tempo que eles passam aqui ouvindo papo-furado e explodindo bombinha é o tempo que não estão dando lucro. E isso é ruim para os negócios, sacou? Lucro é o objetivo do capitalismo, e nós aqui meio que somos capitalistas.

Uma voz desafinada e pré-adolescente se ergueu como um trovão em meio à tempestade:

– O senhor Forasteiro é bom. Ele nos ensina muitas coisas. Ele disse que somos todos interpretações de átomos se agitando.

Os olhares da turba desceram até o menino, um rapazote de não mais de dez ou onze anos que os enfrentava com a convicção de um homem-bomba. Os pés descalços postavam-se firmes no chão, o peito magricela estufado, o queixo levemente erguido.

– Vocês estão vendo? – sibilou Marco. – Ele está desencaminhando nossos filhos.

Aproximou-se do menino e agachou-se até ficar à altura de seus olhos. Abriu um sorriso cínico, os dentes de ouro faiscando. – O tio veio salvar vocês.

– Vocês são maus – gritou o garoto, cuspindo na cara de réptil de Marco. Recebeu de volta um piparote com as costas da mão cheia de anéis que o arremessou longe. Ele gritou assustado ao ver sangue, seu sangue, escorrendo preto pelos dentes.

As outras crianças se encolheram de medo.

– Covarde – disse Carvalho, tateando em busca da arma. Arma que estava bem longe dali, no que sobrara do carro.

Marco virou-se para o inspetor. Empurrou os meninos para o lado e avançou em sua direção, os amigos logo atrás. As crianças desapareceram como ratos pelas frestas nas cercas e buracos nas paredes. Carvalho se viu soterrado por toneladas de homens e mulheres que socavam e chutavam e espremiam, um boi que serve de iscas para as piranhas enquanto a boiada atravessa em segurança. Mas alguém precisava fazer alguma coisa, e em algum lugar dentro dele havia o pulsar orgulhoso do senso de dever que toldava as pontadas nas costelas causadas pelos bicos dos sapatos, a dormência na nuca gerada pelas pancadas com porretes de madeira. Morrer pelo Dever, ele pensou: aguentar as dores pelos dias melhores que virão para aqueles que pisarão na grama do seu túmulo.

Uma mão se ofereceu a ele, brotando do meio do inferno de punhos e ódio.

Mão fina, de luvas brancas.

Mão de Forasteiro.

Carvalho agarrou-se a ela com o que lhe restava de forças foi arrastado para fora daquilo com a truculência de um trator.

– Você é egocêntrico – disse o Forasteiro – com todas essas pretensões messiânicas e tal.

– O quê?

– Levante-se e corra. Para o teatro.

O Forasteiro se pôs entre a turba e o inspetor, a capa de

chuva balouçando ao vento, e dando-lhe tempo para se levantar e correr. Carvalho enfiou-se pela entrada do pequeno teatro de caixotes sem ter a menor ideia de como algo tão frágil poderia oferecer abrigo. Uma estranha sensação: as paredes de ripas pareciam maiores e mais profundas que há um instante.

Nenhum ruído vinha mais lá de fora. Ele tentou tocar a parede à sua esquerda, mas não pôde alcançá-la, mesmo estando meio metro de distância. Balançou a cabeça, esfregou os olhos. Problemas de percepção, pensou.

Abaixo das cortinas de lona preta havia uma série de bonecos. Entre eles, uma réplica sua. Os cabelos crespos de lã, o nariz fino, os olhos pequenos, estava tudo lá. Não evitou um sorriso. Um boneco seu, imagine só. Devia ser mesmo egocêntrico.

Ouviu um barulho atrás de si. O Forasteiro irrompeu pela abertura, fechou a passagem com um tipo de porta feita de caixotes e apoiou-se contra ela. A maquiagem estava derretida, a roupa amarrotada. Arfante, enxugou o suor da testa e olhou para Carvalho com uma expressão de pura excitação. Cara de quem acabara de descer de uma montanha russa.

– Adoro isso – exclamou, para logo em seguida tomar um baita susto quando a turba começou a tentar pôr a porta abaixo. – Mmm... Será que você poderia me dar uma mãozinha aqui, se não for muito incômodo?

O inspetor empurrou a porta com tudo que podia. Do lado de fora começaram a usar um tronco como aríete. O impacto dos golpes fazia os ossos vibrarem.

– Como diabos essas ripas estão aguentando? Isso é um teatro de marionetes por fora e uma cabana por dentro. Nós nem devíamos caber aqui.

O Forasteiro franziu a testa e sorriu.

– Espero que não esteja pensando em como isso tudo é divertido – resmungou o inspetor.

– Claro que não. Escute, será que você pode segurar a porta um pouquinho só? Preciso fazer uma coisa.

– Que coisa? Está ma...

O Forasteiro saiu em disparada e deixou Carvalho sozinho. A súbita falta de resistência possibilitou que a turba abrisse uma abertura na porta. O inspetor se esforçou para fechá-la, em vão. Por ali entrou uma infinidade de braços ávidos para agarrar qualquer coisa e arrastar para fora e estraçalhá-la. Unhas femininas arrancaram pequenos filetes de sangue de seus pulsos. Ele empurrou ainda mais. A mão cheia de anéis de Marco agarrou-lhe o rosto, os dedos fedendo a tabaco tentando ferir seus olhos. Outra mão, e outra, e outra, e outra.

O Forasteiro retornou. Fechou a porta com um chute de força colossal, decepando os braços que se insinuavam pela fresta. Não era sangue que saía dos membros, mas um tipo de eletricidade que se desmanchava quase instantaneamente no ar.

– Apanhe esse queixo caído e vamos embora. Uns bracinhos arrancados não vão segurá-los muito tempo – disse o Forasteiro, com a tranquilidade de quem falava da previsão do tempo, não de mutilações. Travou a porta com um pedaço de madeira grossa. Apontou para um alçapão no chão. Carvalho viu um cadeado quebrado, provavelmente nos segundos quilométricos em que ficara sozinho.

– Vamos descer por aí.

– Qual é o tamanho desse lugar?

O Forasteiro balançou a cabeça e puxou a alça de ferro do alçapão, liberando no ar uma camada fina de poeira. Os braços começavam a se agitar outra vez, procurando desesperadamente se integrar a um corpo disponível. A porta veio abaixo. A turba alucinada invadiu o pequeno teatro, os rostos desfigurados numa miscelânea de olhos, narizes, bocas, muitas faces em uma e uma em nenhuma, gemendo como animais esfomeados.

Carvalho e o Forasteiro desceram pelo alçapão. Seguiram aos tropeços por um túnel escavado no barro úmido, cheio de raízes que roçavam em suas cabeças. Após uma curta caminhada, o túnel acabou numa escada de cordas, que o Forasteiro escalou feito um lagarto. Com um estalo enferrujado, ele abriu outro alçapão acima. Uma chuva de cascas de frutas, restos de comida, papéis velhos, latas e pontas de cigarros caiu sobre Carvalho. Ele respirou profundamente. Na língua, o gosto azedo de café pareceu se acentuar.

Chegaram à superfície através de uma caçamba de lixo.

– Que belíssima rota de fuga.

– Quem ia pensar em procurar a entrada da minha passagem aí dentro da lixeira? – o Forasteiro respondeu, metade do corpo dentro da caçamba, arrumando o lixo cuidadosamente sobre o alçapão. – O importante é que aqui estamos seguros.

Carvalho olhou ao redor. Estavam num beco entre dois prédios de cinco ou seis andares.

– E onde estamos, afinal?

– Esse prédio é o do Arquivo da Cidade-Centro. Aquela ali é a Avenida Central.

– Seu túnel deve ter uns dez metros. Como podemos estar a cinco quilômetros do seu teatro de marionetes?

O Forasteiro fechou a tampa da caçamba e sentou-se sobre ela.

– A explicação é bem simples: pegamos um atalho por um bolsão que corre por fora dessa realidade e volta a se conectar a ela em algum ponto mais adiante. Simples assim.

– O que você está armando?

– Perdão?

O inspetor empurrou-o contra a parede, o antebraço pressionando-lhe o pescoço. Um gato assustado passou por entre seus pés.

– O que você está armando?

– Como? – tossiu o Forasteiro.

– Não estou com paciência para suas brincadeiras. Os Metafilósofos sabem que você está mexendo com coisas perigosas por aqui. Acabo de ter a prova. Você me diz e eu facilito as coisas.

A resposta foi uma sonora gargalhada. Carvalho apertou-lhe ainda mais o pescoço. Quando a risada se transformou num engasgo, deixou que ele recuperasse o fôlego. O Forasteiro apoiou as mãos sobre os joelhos e sugou o ar em grandes bocados.

– Está ali – ele apontou para o fim do beco, bloqueado pela parede dos fundos de um prédio.

– Mostre.

O Forasteiro ajeitou a capa de chuva como se fosse um paletó de grife. Havia um brilho de orgulho ferido em seus olhos encovados. Curvou-se numa mesura debochada e pediu que o inspetor o acompanhasse.

– Você primeiro – disse Carvalho, atento a cada movimento seu. Ele balançou a cabeça num gesto afirmativo e caminhou para o final do beco.

– É aqui – disse, mostrando o paredão de tijolos.

– Não vejo nada.

– Não? Tente de novo – ele fez um gesto diante do rosto de Carvalho. Uma porta, em tudo idêntica à parede, delineou-se.

– Afaste-se – ordenou o inspetor. Girou a pequena maçaneta de latão. As dobradiças rangeram.

Do outro lado da porta, estendia-se o Nada.

– Está olhando para os fundos do cenário – sorriu o Forasteiro.

– O quê? – grunhiu Carvalho, ainda zonzo com a visão. Uma garrafa explodiu contra a parte de trás de sua cabeça. Ele desabou no chão. O Forasteiro, tendo o cuidado de não pisar o inspetor, atravessou a porta tranquilamente.

– Com licença. Preciso resgatar alguém – ele disse, antes de fechá-la e se metamorfosear numa gaivota.

Ao cair da noite, estávamos diante da casa de Virgílio. Ele agradeceu pelo dia e pelas histórias boas que ouvira sobre o pai. Cumprimentou-nos com um aperto de mão. Tentava disfarçar, mas tanto meu pai quanto eu percebíamos a angústia que crescia nele ao chegar o momento de atravessar o portão de ripas e voltar ao seu mundo. Com um último aceno, ele subiu a trilhazinha que dava no alpendre da casa.

– Espera – disse meu pai, inesperadamente. Virgílio voltou-se. – Quero falar com sua mãe.

Meu pai me pegou pelo braço e seguiu atrás de Virgílio. Batemos na porta. O falatório que vinha lá de dentro cessou de súbito. Abriram.

– O que foi? – perguntou um sujeito. Não era Gonçalo, figura por si só espectral, mas outro homem, parecido com uma raposa sobre duas pernas magras.

Meu pai não respondeu. Empurrou a porta com homem e tudo e entrou. Sentados no sofá, atrás da mesa repleta de garrafas de bebida, Joana e Gonçalo se assustaram. Ela tinha a boca muito pintada e o enorme decote que não consegui ignorar.

Babando de indignação, Gonçalo levantou-se, muito bêbado, e cobrou uma explicação para aquela afronta. Meu pai ignorou-o e se dirigiu à mulher:

– Quero tratar de um assunto importante. É sobre seu filho

e o que andam fazendo com ele – puxou Virgílio para perto de si. – Como a senhora permite uma coisa dessas?

Joana emudeceu. Viu em Virgílio o brilho de expectativa que o tomara de assalto, a boca entreaberta deixando à mostra o espaço vazio na fileira de dentes. Era mãe, afinal. Apesar dos problemas, das carências, o amava. Era o seu garotinho, e só agora, diante da pergunta que ouvia, sentia um estranho peso no coração. Medo de ficar só, talvez?

– Quero ajudar – disse meu pai. – Se a senhora permitisse, Virgílio poderia ficar uns tempos lá em casa, até as coisas se ajeitarem.

Ela olhou à sua volta. Para os cigarros sujando o chão de terra batida, para as poças de cachaça sobre a mesinha de armar, para o tipo de homem que permitia em sua casa, em sua vida e na do filho. Pensou em Rubens, preso, desonrado, assassinado.

– Se ele achar que é preciso – disse, com um suspiro.

Virgílio mal se conteve de alegria. Abraçou-me aos pulos.

– Se ele achar que é preciso porra nenhuma – berrou Gonçalo, puxando Joana pelo braço. – Quem tu pensa que é pra entrar aqui assim e querer levar o filho da minha mulher embora?

– Você não manda em nada, seu merda – Virgílio gritou. Recebeu em paga uma bofetada no rosto.

Foi então que vi meu pai agir como antes só vira em sonhos: acertou um soco na boca de Gonçalo, que foi se esborrachar na mesinha cheia de garrafas. A sala do casebre se transmutara no convés de uma galé turca, cenário das aventuras que papai contava.

Após o instante de surpresa, o amigo de Gonçalo, raposa na aparência e na covardia, tentou apunhalar papai pelas costas com um canivete. Virgílio e eu, sem pensar duas vezes, nos atiramos sobre ele, um Menino-Prodígio e um Bucky Barnes.

Fizemos com que soltasse o canivete à base de mordidas, até que meu pai veio e chuto-lhe o estômago até o homem vomitar.

Por isso, não vimos Gonçalo, o Rei dos Piratas Turcos, se levantar, a cara vermelha pelo álcool e pela raiva. Não vimos ele puxar o trinta e oito do cinto gasto. Nem ouvimos o som agudo e cheio de terror que saiu da garganta de Joana, pedindo para ele não fazer aquilo. Mas ouvi muito bem o som de cinco sóis explodindo, o chumbo quente passar assobiando perto de mim, indo arrebentar a espinha de meu pai, romper o rim de Virgílio.

Lembro de tapar os ouvidos e gritar e gritar e gritar, depois deixar o corpo cair no chão e assistir meu pai sofrendo espasmos. Perto dele, Virgílio era dominado pelo terror, as mãos encharcadas pelo sangue preto que escorria feito cascata. Para não vê-los, parte pelo horror, parte pela culpa de não ter sido também atingido pelos tiros, virei-me e dei de cara com Gonçalo, os pelos da barba tão eriçados, o cano da arma agora apontado para mim.

Um estrondo forte.

Muito forte.

Uma avalanche de tijolos e madeira engoliu Gonçalo e Joana.

Parte do teto desabou.

No meio da poeira, eu pensava em terremoto, queda de avião, uma bomba atômica me arrastando dentro de uma geladeira feito Indiana Jones. O que não estava tão longe da verdade. Um ônibus vermelho havia se chocado contra a parede da casa, acontecimento tão insólito quanto qualquer um dos anteriores. Mesmo com meu pai e meu amigo morrendo ao meu lado e a casa desabando sobre nossas cabeças, só o que eu conseguia pensar era que qualquer linha de transporte passava bem longe daquele morro. Talvez tudo aquilo fosse a morte, apenas.

Deixo Maria Cecília pagando o táxi e entro em casa feito um raio.

Subo a escada de três em três degraus.

Giro a maçaneta da porta do quarto.

Trancada. Está trancada. Por que trancada agora?

Apalpo os bolsos em busca das chaves, mesmo sabendo que elas não estão comigo.

– Procurando por isso? – pergunta ela, lá de baixo. Está encostada na parede, uma mão na cintura e outra balançando a chave para mim, um sorriso largo no rosto.

– Por que trancou o quarto?

– Muito ladrão nestas bandas, querido.

– Dá essa chave aqui.

Maria Cecília faz que não, balançando a cabeça suavemente e passando a língua nos lábios vermelhos.

– A chave, por favor – repito, impaciente.

Ela não responde. Abre a blusa devagar, botão a botão, começando pelo primeiro de baixo. Deixa que a peça deslize pelos seus braços, exibindo um sutiã azul-claro. Faz sinal com o indicador para que eu me aproxime.

Como é perfeita essa mulher.

– A mesa da cozinha está vazia, querido – ela cicia, virando-se e desaparecendo pelo corredor.

Encontro-a sentada na mesa da cozinha o olhar lânguido

e convidativo. Beijo sua boca. Ela se livra depressa da minha camisa. Mordisca-me o peito. Aperto os olhos e deixo que ela percorra a trilha de meu abdome com os lábios até chegar ao cinto, que ela abre rápido. Deito-a sobre a mesa, acaricio suas coxas, sua barriga, seus seios. Ela se contorce de excitação a cada toque, gemendo alto como eu nunca a vira fazer antes.

Nunca.

Sua mulher tem muitos segredos, disse a gaivota.

De repente, paro de beijá-la e olho bem nos seus olhos.

– O que foi? – Maria Cecília pergunta, tentando puxar meu corpo para junto de si.

Afasto-me dela.

– Por que está fazendo isso? – pergunto.

– Fazendo o quê?

Apanho as chaves no chão e subo outra vez as escadas. Destranco o quarto e entro. Procuro a caixa com as coisas da minha mãe. Costumava ficar no alto do armário.

Não está no lugar onde acumulara poeira por tantos anos.

Num acesso de raiva, jogo tudo para fora, roupas, livros, gavetas inteiras.

A caixa não está lá.

– O que está procurando, querido? – ouço atrás de mim.

– A caixa, Maria. O que fez com a caixa?

– Que caixa, querido?

– O que está escondendo de mim?

– Do que está falando?

– Não se faça de desentendida.

Vou na direção dela. Assustada, ela recua.

– Cosmo, você está me assustando.

– É você quem está me assustando. Tem alguma coisa errada aqui. Quero saber onde está a caixa com os documentos da minha mãe. Agora.

– Não sei, querido, juro que não sei de nada.

Muitos segredos, muitos segredos, muitos segredos. Você tem uma irmã, e só ela pode te tirar desse lugar.

Tenho uma irmã. Eu a vi brevemente, quando Sigmund F. me hipnotizou.

Agarro seu pescoço e aperto devagar. Sinto a jugular dela pulsando, o desespero com que tenta respirar. Segura meu braço, faz força para se libertar. É tão patético tudo isso. Vê-la se debater como um gato na boca de um cachorro. Triste ver todo o poder de sedução com que se armara se transformando num balé ridículo de carne, o corpo se diluindo, perdendo as curvas. O terror em sua boca contraída.

Meu Deus.

Maria Cecília cai ao chão, soluçando. Tonto, amparo na parede.

Eu ia matá-la.

Deixo-a encolhida no tapete do quarto, molhada de lágrimas, uma triste cena, e agora percebo, inevitável, e saio dali para nunca mais voltar. Acho que esse é o ponto de ruptura de alguma coisa.

Deslizo até a garagem, as mãos trêmulas. O coração quer explodir. A cabeça está repleta de contradições que vão e vêm, alternando-se sem padrão. Eu *quero* matar Maria Cecília. Obrigá-la a cuspir o veneno que ela guarda dentro de si. Mas também quero amá-la, protegê-la de mim. Procuro as chaves nos bolsos, não tem chave nenhuma ali, mas procuro assim mesmo.

Onde diabos está o carro?

Foda-se: vou desaparecer da minha própria vida à pé. Viver na rua, se preciso.

AM013

Terceiro dia.

A primeira noite consciente que passo na Torre não é nada boa.

Os gritos longínquos de gente desesperada. O frio que brota das paredes, vindo da noite lá fora. A sensação claustrofóbica que a pequenez da cela causa. As vozes. O escuro. Uma eternidade que passo imóvel, encolhido no canto. Brilhando em meu pulso, a marca: AM013. Agora sou um deles.

A única indicação de que o dia chega é um pedaço de sol que entra por um pequeno bloco de vidro verde muito acima de mim. Vez ou outra, passos percorrem os corredores, mas nunca param e logo desaparecem. Por volta das nove horas, os passos voltam. Encosto o ouvido na porta de ferro, ouço o leve ranger das rodas de um carrinho preguiçosamente emperrado. Por uma portinhola entregam-me uma tigela de mingau de aveia, que como avidamente com as mãos.

Quarto dia.

Olhos rubicundos me observam por uma greta da porta. Dia de escuridão e de pesadelos e de lembranças.

Quinto dia.

A luz cai, o zumbido terrível de eletricidade se mistura a

batidas convulsionadas. Ganidos de dor e medo chegam da cela ao lado.

Sexto dia.

Alguma coisa no vaso imundo.

Um globo ocular que se ergueu da água amarela, piscou, observou tudo em volta e desapareceu outra vez. Não tive mais coragem de usar o sanitário. Agora faço o que preciso perto da porta.

O fedor das fezes e da urina atrai as moscas. Elas são minha única distração entre essas paredes.

Sétimo dia.

A portinhola se abre.

Entra uma tigela de mingau de aveia.

Mmm.

Uma epifania: e se eles estiverem me entupindo de drogas misturadas no mingau de aveia? Começarei uma greve de fome, sim, é isso, vou começar mesmo, é uma ótima ideia.

Oitavo dia.

Minha mãe me observa dormir. Posso sentir. Não está mais tão morta. Ela acaricia minha cabeça sem cabelos e me pede para voltar. Então se desfaz como uma neblina fina. Aquela foi uma noite de sonhos intranquilos, só que não acordei transformado em inseto.

Nono dia.

O mingau se acumula. O azedume se une ao fedor da merda e do mijo. O cheiro insuportável atrai mais do que moscas: os Iguais entram na cela e me arrastam para outro banho químico. Conversam coisas entre si e me aplicam injeções de nutrição, que lança por terra o sentido de minha greve de fome.

Alguma coisa arde e infla feito balão dentro da minha barriga, como se eu tivesse participado de um banquete. Até arrotar eu arroto, e sinto na boca um gosto de macarrão com queijo. Quando sou levado de volta à cela, encontro-a desinfetada e cheirando a eucalipto.

Décimo dia.

Vomito o mingau de aveia do desjejum. Na mancha amarelo-esverdeada no chão, é possível ver o rosto de minha mulher, com buraco de bala e tudo. Explico para ela que a culpa não foi minha, mas ela não responde, deve estar chateada por ter sido assassinada.

À noite, alguém recebe choques elétricos.

Choques elétricos me assustam.

Décimo primeiro dia.

Os Iguais entram outra vez na cela. Quatro ao todo, carregando uma maleta cromada que eles abrem no chão. Um deles vai retirando vários objetos, seringas, borrachas, lanterna, algodão, palito, medidor de pressão, e repassando aos colegas. O que está com a seringa testa a agulha borrifando duas vezes um líquido verde.

– Hoje é seu dia de sorte, AM013.

Encolho-me e fecho os olhos.

– Se cooperar e nos deixar aplicar o remédio – ele continua – poderá tomar banho de sol.

Gosto de sol, sol é bom.

Ofereço o braço não muito certo do que faço e vejo as veias saltarem quando outro Igual amarra uma borracha pouco acima do cotovelo. Passam algodão embebido em álcool para matar os germes. A agulha penetra devagar, espalhando-me na circulação o líquido verde e espesso. A respiração fica curta como se de repente eu não precisasse mais respirar tanto oxigênio assim. Mãos e pés parecem distantes, presas ao corpo por elásticos e cordas. Sou bonzinho. Permito que me droguem sem resistir – do que me serviria resistir agora, além de ter quatro pessoas com os joelhos no meu peito? De modo que sou recompensado com uma hora sob o sol. Estou tonto demais, enjoado demais, atrofiado demais naquela cela minúscula para fazer qualquer coisa além de me deitar de costas no pátio minúsculo e sentir o calor e a luz me intoxicarem, com os olhos bem fechados.

Décimo segundo dia.

Não estou bem.

Tremendo muito.

Gotas de saliva grossa escorrendo da boca machucada o tempo todo. O intestino queima como se um jato de lava me percorresse as tripas. Não quero sentar naquele sanitário outra vez, não é limpo há três dias, não tem mais brilho e é frio. Se não fosse de ferro fundido, eu o arrancaria e cortaria a garganta para terminar com isso.

E não quero mais tomar a porra do remédio.

Não há ninguém para ouvir. Grito por mais uma hora até sentir o sangue na garganta, então me deito para lembrar, a única coisa que posso fazer.

Décimo terceiro dia.

Até que o escuro é uma coisa boa.

Já que não posso enxergar as paredes é como se não estivesse de fato enjaulado.

Ás vezes, só às vezes, a prisão parece estar dentro da minha cabeça. Nessas horas eu me sinto um pouco mais livre. É um pouco parecido com ouvir música: o mundo pode explodir lá fora e você não está nem aí, só o que importa é o calafrio morno nos pelos e a efervescência nas veias. Sento-me e começo a assobiar, enquanto no mundo compacto exterior a eletricidade volta a cair e alguém começa a gritar. Medo eu não tenho, não enquanto puder assobiar.

Décimo quarto dia.

Não, não foi impressão.

Foi real.

Sei que foi real.

Era Minha Música Favorita. Reconheceria em qualquer época.

As notas vieram subindo pelas paredes frias e dançaram pelos corredores, até passarem pela porta. Então elas pararam, recuaram e invadiram minha cela, poderosas como um apêndice de Deus. Era apenas Música, e ao mesmo tempo mais que mera Música. Ela transbordava e me levava junto, e nós boiávamos numa piscina de euforia galopante. Eu me levantei tentando farejá-la, querendo saber de onde ela vinha e por que sussurrava em meus ouvidos agora.

Tão de repente quanto começou, foi interrompida.

Dá até para sentir a urgência com que a desligam, como se tivesse sido um erro que não se cometeria outra vez.

Décimo quinto dia.

Entra um rato na minha cela.

Ele sobe pelo esgoto e sai pelo vaso, molhado e fedorento, bem na hora em que vou me sentar ali. Quando vejo aquela coisa escura e peluda saltando para o piso, só consigo pensar em duas coisas: 1) aquela é a maior ratazana do mundo; 2) ela poderia ter rasgado meu saco, se eu tivesse sentado no vaso. Isso seria horrível mesmo. Fecho a tampa para que o bicho não possa voltar por onde veio e o acuo no canto da parede. A ratazana começa a guinchar, os olhos injetados e os dentinhos feito pequenas facas à mostra. Não é mais um rato, é um javali, um tiranossauro. Afasto-me enquanto aquilo desaparece pelas frinchas da porta.

Olhei para a latrina. Nunca mais me sentarei ali outra vez.

Décimo sexto dia.

Mais remédios. Desta vez são pílulas. De todas as cores, servidas num copinho descartável e acompanhadas de meio copo de água. Não vou engolir, vou manter tudo escondido debaixo da língua. Este deve ser o truque mais velho do mundo em sanatórios, hospícios e afins. Os Iguais estão cansados de conhecê-lo. Abrem minha boca à força e me obrigam a engolir. Quase morro engasgado.

Décimo sétimo dia.

Madrugada outra vez. A vida é uma longa madrugada na Torre.

Acordo assustado, apesar de não estar dormindo de verdade.

São as drogas, elas me deixam horas olhando para o vazio sem enxergar nada além de uma tela branca. Nem a imagem recorrente da testa daquela mulher explodindo me atormenta mais. Qual era mesmo o nome dela?

A BATALHA CONTRA A HIDRA

O que é uma fila?

(Artéria entupida de gordura saturada, espinha de peixe atravessada na garganta seca, bolha d'água ardente na sola do pé.)

Chego ao Arquivo da Cidade-Centro dez minutos antes de se encerrar o expediente. Sou o último de uma fila de apenas cinco pessoas, que termina numa mesa ensebada de madeira onde uma mulher de óculos grossos verifica uma pilha de papel. Não, não é exatamente uma mulher. É uma Burocrata feita de silicone, plástico e nenhum humor. Ela se detém em cada folha timbrada, cada fotocópia de petição, cada documento, por cronometrados quarenta e sete segundos. Depois, não satisfeita com o exame a olho nu, retira uma grande lente de aumento de uma gaveta e volta a examinar os mesmos papéis metodicamente, atenta a cada imperfeição da tinta, cada falha na caligrafia, cada ruga na foto três por quatro. Então ela bufa como um herbívoro paleolítico e compara a foto com o sujeito parado à sua frente, sujeito-foto, sujeito-foto, sujeito-foto, sujeito-foto. Sujeito e foto correspondem em suas imagens, mas o espírito Burocrata a faz digitar alguma coisa no computador. Na tela surge uma sequência de rostos com os quais ela compara a foto sem pressa, computador-foto-computador-sujeito-foto. Quando o sujeito em questão estica os olhos na direção ao monitor, a mulher franze o cenho, pigarreia e gira a tela para si, como um São Bernardo desconfiado de que alguém quer levar embora seu pote de ração.

Nos alto-falantes, o vigia escondido atrás de sua cabine adverte o homem de que este será retirado do recinto se continuar. O homem engole em seco e se desmancha em apologias. A mulher sorri, diabolicamente satisfeita, e com um gesto o faz calar a boca. Dá para ver que ela se delicia com o poder que tem sobre as pessoas através de seus documentos. Os papéis executam a sinfonia da ordem na Cidade-Centro e uma das batutas de maestro está em suas mãos. Ela carimba com tinta vermelha os papéis e os devolve para o homem, que sai feliz e aliviado, por pouco lhe não beijando os pés. Todo o processo dura vinte e sete minutos. Para meu mal, ainda faltam quatro pessoas antes de chegar minha vez.

– Próximo – a mulher chama, monocórdia. O processo recomeça, olhos-documentos-lupa-documentos-foto-sujeito-computador-carimbo. Vinte e quatro minutos e trinta e sete segundos.

– Está indo rápido – comenta alguém na fila.

– Hoje ela está de bom humor – diz outra. – Deferiu duas petições seguidas.

Remexo-me impaciente, incapaz de acreditar na boa vontade dessa gente.

– Silêncio, por favor. Estão atrapalhando o bom funcionamento da ordem neste recinto – soam os alto-falantes. Com exceção do constante ruído do digitar da mulher, dos ventiladores soprando seu bafo quente e do tique-taque do relógio de parede, todo o barulho cessa.

A sala é pequena e baixa, com uma coluna à esquerda onde se pendura uma câmera constantemente apontada para nós.

Um homem entra com uma pasta cheia de papéis. Fica atrás de mim na fila. Cara de poucos amigos. O porteiro surge em seu encalço, berrando sobre o expediente ter se encerrado.

– Vocês me fizeram voltar aqui sete vezes. Desta vez vou ser atendido – vocifera o homem, a cara vermelha de raiva.

A mulher atrás da mesa para de verificar documentos. Observa o tumulto que se forma, deixando apreensivos os dois próximos a serem atendidos. O porteiro tenta puxar o homem pelo braço, mas é jogado no chão como um brinquedo. A porta atrás da mulher se abre e dois seguranças uniformizados surgem. Seguram o homem, torcem seus braços para trás das costas e o arrastam para fora, enquanto ele e xinga a repartição inteira. A cena me é familiar.

Os dois à minha frente cochicham assustados e desfazem a fila, recompondo-a imediatamente quando a mulher berra exigindo ordem.

O trabalho recomeça, documento-foto-rosto-etc.

O ar quente dos ventiladores.

O ruído do relógio.

O *tec-tec* do teclado.

Enfado.

Monotonia.

Pernas cansadas, pesadas.

Próximo.

Não sou eu.

Documento-lupa-foto-rosto.

Próximo.

O próximo sou eu. Após duas horas e quatro minutos aguardando numa fila com mais quatro pessoas, finalmente o próximo sou eu. Ergo-me diante da mesa. A mulher olha para mim. Espera algo que não sei o que é.

– Os papéis, senhor – ela diz.

– Que papéis? – pergunto. Não sei de papel nenhum. Ela revira os olhos, irritada, o que me faz ter vontade de partir o ventilador e enfiar cada uma das pás da hélice em seu intestino.

– Os papéis para verificação de procedência de petição.

– Não tenho papel nenhum. É exatamente isso que vim fazer aqui. Quero cópias de alguns documentos que devem estar aí no Arquivo. Documentos que provem que eu tenho uma irmã.

– Segundas vias?

– Sim.

A mulher abre a gaveta e me entrega um maço de folhas amarelas.

– Preencha estes formulários e volte aqui assim que possível.

– Voltar? Mas...

– Próximo.

– Eu só...

– Próximo.

Saio da fila quando os dois seguranças me olham duro.

– O expediente recomeça às nove da manhã. Se o senhor quiser ser atendido ainda esta semana, aconselho-o a entrar na fila lá fora agora.

Quando saio, a fila formada para o dia seguinte já está dobrando a esquina. Enquanto caminho, vou contando a quantidade de pessoas que integram essa hidra humana cheia de cabeças. Contando comigo: oitenta e sete desafortunados.

Uma longa espera. Não posso voltar para casa. Não quero acabar matando aquela Maria Cecília, aquela mentirosa. Se a caixa não aparecer, este lugar é o mais indicado para investigar a existência da minha suposta irmã.

Sem nada para fazer até o dia seguinte, peço uma caneta emprestada e começo a preencher o formulário XHTJ9077/A, repleto de perguntas absurdas como o tipo de mosquito mais comum lá em casa ou a minha marca de ketchup predileta. Tudo para atestar se sou quem afirmo ser, segundo explicação do próprio formulário. Responder tudo isso me consome muito tempo. Quando termino o último item, todo o comércio da rua já fechou as portas e a lua vai alta no céu, semiescondida por nuvens púrpuras.

Encontro-me nas grades da vitrine do único estabelecimento ainda em funcionamento: uma loja de produtos eróticos. O letreiro luminoso diz que está aberta vinte e quatro horas por dia, mas uma das lâmpadas está com defeito, então fica *aberta 24 oras por dia*. Uma velha de maquiagem pesada surge de vez em quando na porta e resmunga que os clientes têm vergonha de entrar em seu estabelecimento com tantas pessoas paradas em frente à porta. A burocracia marginalizou o sexo, eu penso, e decido que preciso de um café. Não quero pensar em nada.

A noite fria se arrasta.

Acordo com os gritos dos vendedores ambulantes.

– Café. Bolo. Cigarros.

Sete da manhã. O sol brilha pálido, um miasma vaga pela rua tentando não se desvanecer sob o calor nascente. O fícus diante da entrada do Arquivo goteja orvalho num toldo desbotado.

Os vendedores fazem fortuna na fila gigantesca. Vendem uma variedade de produtos que vai de doces a processadores de computador. A fila começa a se agitar, é um organismo vivo e pulsante. Braços se esticam sacudindo cédulas e se retraem com pastéis, caldos de cana, biscoitos de polvilho, implantes eletrônicos, amuletos mágicos. Atrás de mim, mais cem cabeças brotaram. As mercadorias dos comerciantes vão se esgotando e aqueles que ainda não consumiram nada vão se enfurecendo, se desesperando. Agarram os ambulantes pelas roupas, gritam, vociferam, obrigando os seguranças do Arquivo a sair e pôr ordem no princípio de tumulto. Ao ouvirem as ameaças de expulsão da fila, as pessoas recobram a compostura.

A velha de maquiagem pesada está parada dentro da loja. Observa a fila. Atrás de sua vidraça, resmunga qualquer coisa sobre seus negócios e se enrola num casaco de pele falsa. Olha para mim. Sinto um arrepio de repulsa quando percebo algo de lascívia em seu olhar.

Oito horas. A mulher da mesa surge na porta com um megafone, devidamente escoltada por dois seguranças armados.

– Um minuto de sua atenção – ela grunhe através do aparelho, a voz se amplificando e conseguindo se tornar ainda mais monótona. – Estaremos disponibilizando senhas até o número noventa para o atendimento de hoje. Aqueles que não conseguirem uma, favor entrar na fila para amanhã.

Dois outros seguranças começam a distribuir tíquetes numerados. Os afortunados que conseguem um comemoram como se tivessem sobrevivido a um tumor cerebral. Quem não consegue chora e esperneia, enquanto alguns mais espertos começam a formar uma nova fila. A hidra está dando cria por brotamento.

Um sujeito oferece dinheiro por uma senha. Está bem vestido e alucinado, mas ninguém quer vender a sua. É um tesouro precioso do qual é impossível se desfazer. O dinheiro não pode comprar tudo, o homem finalmente percebe, e sai aos prantos.

Sou um dos afortunados. Olho para o meu tíquete, feito de papel ordinário com o número oitenta e oito impresso. Vale ouro aqui. Que significado tem tudo isso?, eu me pergunto.

O que é uma hidra?

(Chute de coturno no saco, prego enferrujado na planta dos pés, granada de estilhaços explodindo no cu, cabeças e mais cabeças.)

Quando ela começa a andar, por volta do meio dia, estou tão exausto que sou obrigado a participar dos uivos de alegria dessa gente toda. Mas a alegria é vã, como o são todas as alegrias: apenas cinco pessoas são admitidas de cada vez. Uma vez lá dentro, acontece todo aquele processo de análise de papéis que consome longas horas a fogo lento.

Às três horas da tarde, metade das pessoas desistiu e se foi.

Eu resisto.

Às dezessete horas o expediente se encerra e a fila para. Um segurança fecha a porta. O porteiro pendura a placa de "fechado" nela. Ainda falta um mundo de pessoas até chegar a minha vez. Alguns começam a se descontrolar, gritando, babando e arrancando os cabelos. Meu impulso é fazer a mesma coisa, às favas com os pudores, a vergonha, o padrão de comportamento socialmente aceitável. Mas eu também resisto a isso.

A noite chega trazendo pingos de chuvas. Logo os pingos se transformam em temporal. A hidra se encolhe embaixo das marquises. Surgem, sabe-se lá de onde, vendedores de guarda-chuvas. Não tenho dinheiro para comprar.

A velha de maquiagem pesada me observa outra vez de sua loja.

– Não quer entrar aqui para se abrigar desse aguaceiro, meu bem? – ela oferece. Posso ouvir suas juntas rangendo e as rugas estalando enquanto sua cara se contorce num arremedo de sorriso.

– Não, obrigado – recuso. A velha dá de ombros e entra em sua loja.

Três horas da manhã.

Meu estômago ronca e eu tirito de frio, esparramado na calçada feito um vira-lata. As pontas dos dedos estão dormentes. Levanto-me, estico os braços e as pernas. Respirar dói. As pessoas se protegem como podem, jornais, bolsas, casacos, tudo serve de abrigo contra o frio da madrugada.

A velha aparece. Renova o convite. Deixo que ela me conduza como uma criança para dentro de sua loja. Estou simplesmente cansado demais para resistir.

Ela se afasta, me percorre com os olhos leitosos, me estuda, me dimensiona. Satisfeita com o que vê, se aproxima devagar, encarapitada nos saltos-agulha e depois gira em torno de mim passando a língua grossa nos lábios ressecados. Quando termina sua órbita, para na minha frente e alisa-me o rosto com as contas da mão cheia de anéis.

– Eu quero você – ela sussurra ao meu ouvido. Seu hálito de licor de hortelã me atinge os pulmões como gás de pimenta. Quero vomitar, quero me castrar. – Gostei de você assim que te vi pela primeira vez, parado naquela fila. Tão selvagem, tão... Sujo.

Ela abre o casaco de pele e o deixa cair ao chão. Revela por baixo um jogo de espartilho e cinta-liga vermelhos como fogo que, naquele corpo antediluviano, funcionam como receptáculo para que a carne mole e oleosa não se desprenda do esqueleto.

Faço menção de ir embora, mas a velha me detém.

– Estou disposta a pagar.

Puxo meu braço com força e vou para fora.

– Você vai voltar, seu traste podre. Você vai voltar, implorando pelo meu dinheiro e pelo meu corpo.

TRANSCRIÇÃO DO DEPOIMENTO DA SENHORA C***** N****, REMANEJADO PARA O SETOR DE TRIAGEM DOS METAFILÓSOFOS

"Naquela manhã não houve distribuição de senhas. A mulher de plástico, com o megafone, avisou que o sistema estava sobrecarregado e o atendimento se concentraria naqueles não atendidos no dia anterior. Houve um princípio de tumulto por parte daqueles que formavam a segunda fila, mas a segurança tratou de dispersar.

'Por que tanta segurança numa repartição pública?', o vagabundo[1] perguntou. Era uma figura horrorosa, quero dizer, devia até ser um sujeito apresentável, mas estava sujo, com os cabelos embolados e cinzentos, o rosto tomado por olheiras

---

[1] O vagabundo (sic) foi identificado como o Sr. Cosmo Kant.

profundas. E tinha o cheiro. Parecia um mendigo, daqueles doidos que a família expulsa de casa, sabe?

Deu meio dia e os vendedores de comida apareceram empurrando carrinhos cheios de arroz, feijão, macarrão, frango ensopado, frango assado, peixe frito, farofa, bife à milanesa, batata frita, salada, rabada, dobradinha, estrogonofe, cada coisa mais gostosa que a outra. Ele ficou olhando as pessoas comprando. Acho que ele não tinha dinheiro. O sol estava a pino e tinha levado embora todos os vestígios de chuva da noite anterior. A velha descarada daquela loja sem vergonha trouxe um prato de comida para ele. As pessoas ficaram de olho, e acho que ele se sentiu ofendido. Jogou o prato no chão. A velha ficou ruborizada – bem feito – e voltou apressada para sua loja. A fila inteira encarou o coitado com ar de reprovação. O homem escondeu o rosto nos joelhos. Parecia querer chorar. Fiquei com um pouco de pena, mas o senhor sabe com são esses doidos, não sabe?

O expediente se encerrou às cinco horas. Quem conseguiu entrar seria atendido, e o senhor não imagina o alento e alívio que a gente sente com isso. O restante continuou na fila. O vagabundo era o próximo. Mas outra noite chegou e foi embora. Ninguém dormia. Uns choravam, outros gemiam – de desespero, de dor, de tédio e... Sim, tinha gente transando na fila, mas era só para passar o tempo. Nada demais, não precisavam me prender como se fosse uma piranha e me arrastar até aqui. Não é como se eu fosse uma velha vendedora de... Ai, meu Deus, nem gosto de pensar naquelas coisas hor-rí-veis. Sim, eu sei que era um lugar público, mas vai dizer que o senhor nunca sentiu vontade de fazer em público? Perdoe-me, claro, claro, desacatar autoridade é crime e eu não quero me complicar mais. Claro que eu posso prosseguir contando o que vi, não é muita coisa, mas no que puder ajudar na elaboração do perfil do terrorista, não é?

Bom, no dia seguinte também não houve distribuições de senhas para a segunda fila. As pessoas choraram, rangeram os dentes e ergueram os punhos contra o céu porque ninguém é de ferro. O porteiro fez sinal para que o sujeito e mais quatro – eu inclusive – finalmente seguissem para dentro do cartório.

Quando ele parou diante da mesa, a mulher estava comendo um pedaço de bolo e uma xícara de café com leite e fez sinal para a gente esperar. Tudo bem, esperei tanto tempo, espero mais um pouco, eu pensei, porque sou calma e leve como uma pluma, mas o cara deu uma tremida, um espasmo sutil, de quem está, sei lá, controlando um colapso nervoso. Ela terminou de comer, limpou os cantos da boca delicadamente com um lenço rosa e estendeu a mão para ele, que lhe passou um formulário XHTJ9077/A, molhado e amassado. Ela fez uma careta e não pareceu muito disposta a aceitar. Mas acabou carimbando os papéis dele e o homem foi todo sorridente para a outra sala. É só isso? Quer dizer que posso ir embora? Obrigada, senhor. Pode deixar que nunca-nunca-nunca mais vou fazer nada daquilo em espaço público. E, hã, se puderem esquecer essa história, ficaria eternamente grata. Sabe como é, o pessoal da igreja pode não gostar."

– Seus documentos, por favor – ela pede. Analisa cada um cuidadosamente, fazendo comentários sobre minha atual aparência ser inadequada a estabelecimentos oficiais. Não me importo, sei muito bem de meu estado e como cheguei a ele. Por um tempo, a mão dela oscila entre o carimbo vermelho da derrota e o carimbo azul do deferimento. Para meu alívio, é pelo carimbo azul que ela se decide, e sigo vitorioso para saleta indicada, onde devo preencher uma petição solicitando a consulta ao Arquivo.

Empertigado atrás de uma mesa, um burocrata magro de

gravata preta, feito do mesmo material da mulher da sala anterior. Há uma pilha de formulário a sua esquerda e um imenso armário preto na parede atrás de dele. Ele para de organizar seus papéis e pergunta em que pode me ser útil.

– Vim preencher a petição para consultar o Arquivo – respondo. Ele balança a cabeça e me passa outro formulário, desta vez MOL27504/B. – Não tenho caneta.

Ele me passa uma esferográfica preta.

– Não se esqueça de devolvê-la, por favor.

Depois de preencher o maldito formulário descubro que preciso autenticá-lo em duas vias no cubículo seguinte. Devolvo a caneta e sigo bufando para lá. Se não fosse o ventilador de cor diferente, diria que continuava no mesmo lugar, diante do mesmo burocrata enfadonho e sem imaginação: até a gravata é igual.

– Preciso autenticar isto – entrego-lhe o formulário. Ele confere se tudo está conforme o protocolo. Esses momentos em que os burocratas vasculham os papéis como perdigueiros à cata de erros são os mais enervantes. É o vácuo de ação que pode confirmar meu pedido ou negá-lo.

O homem rubrica um canto do formulário e aplica um carimbo azul – oh, carimbo azul tão lindo! Aperto o formulário entre os dedos, sinto sua textura, o alívio que traz. Mas o inferno burocrático ainda não acabou. Retorno a saleta anterior e apresento a autenticação. Preencho novo formulário (JZW44F/2) e volto a autenticá-lo, apenas para descobrir que preenchera a papelada errada. Quando o homem me chama a atenção para esse fato, é como se eu pudesse ouvir uma gargalhada satânica. Ela não escapa para o ambiente, não entra em meus ouvidos, nem a boca do sujeito se altera um único milímetro. A máscara de látex permanece impassível. No entanto a risada está lá, um orgasmo corporativo de burocracia derivada da satisfação em emperrar o andamento da minha vida.

– Sinto muito, senhor – ele diz, esquecendo-se de mim e voltando ao computador. – Próximo.

– Próximo? Como assim, próximo? O erro foi de vocês.

– Lamento, senhor. Próximo.

– Vocês me deram o formulário errado!

– Desculpe, senhor, mas pela sua aparência e o modo como aguardava na fila nos fizeram presumir que se tratava de um indigente, para o qual o formulário MOL270504/B era o adequado, já que nele não há a obrigatoriedade de preenchimento de numeração. Ao registrá-lo no formulário de JZW44F/2, causou um conflito documental pelo o qual o senhor seria processado por falsidade ideológica.

– Mas eu preenchi o que o formulário pedia.

– Deveria ter deixado este campo em branco, conforme a instrução – ele apanha uma lupa e mostra letras que até mesmo ampliadas pela lente são difíceis de ler.

– Está brincando comigo, não é? Só pode estar.

– De forma alguma, senhor. Nós *nunca* brincamos. Próximo.

– Não, não e não. Daqui eu não saio – soco a mesa com força. O homem se assusta e olha nervosamente para os lados.

– O que pode fazer por mim?

– O senhor precisa retornar à recepção, mas só estaremos atendendo mediante senha que o senhor poderá estar solicitando na segunda.

– Quero preencher um novo formulário agora. E não quero ser tratado como indigente – cada grito faz o homem se encolher mais na cadeira.

– Precisa preencher o formulário – ele gagueja – solicitando a permissão para preencher novamente os formulários, depois autenticá-los e ah!

Ele cacareja como uma galinha quando minha impaciência se converte num piparote nas pilhas de formulários sobre a mesa. Mesmo assustado, o espírito burocrático não se reprime e ele começa a catar os papéis e organizá-los, berrando pela segurança.

Dois homens de cáqui e quepes pretos irrompem pela porta. Encolho-me instintivamente, torcendo para não ter nenhum osso quebrado. Mas eles não me batem: agarram-me cada um por um braço e me arrastam cubículo por cubículo até a saída, sob o olhar reprovador de funcionários, funcionárias e pessoas da fila.

Jogam-me para fora. De novo.

A hidra me encara: ela me odeia porque sou um entrave no andamento do expediente, perpetuando sua insuportável existência. Não posso culpá-la, eu sentiria o mesmo.

– Filho da puta.

A hidra, com suas dezenas de cabeças, não diz essas coisas em voz alta. As bocas apenas comentam entre si, mas posso ouvir cada palavra. A hidra sempre vence.

Sento-me na calçada. Não tenho escolha a não ser voltar para a fila e tentar tudo novamente. E rezar para ter sorte.

Um vento sopra. Traz de volta nuvens pesadas para bloquear o sol. Um menino, aparentando quatro ou cinco anos, se aproxima. Toca-me ombro. Ergo a cabeça, olho para ele. Criança bonita, cabelos pretos encaracolados de anjinho. Poderia ser meu filho, penso, e acaricio seu rosto sem me dar conta disso. Ele se contorce e foge, deixando cair um papel que aparentemente viera me entregar.

Leio.

É um bilhete, caligrafia trêmula e feia: *encontre-me no beco ao lado do Arquivo em quinze minutos.*

Olho ao redor. Estudo cada rosto em busca de um rubor sutil, uma piscadela ansiosa ou um princípio de sorriso involuntário. Quem quer me encontrar no beco, e por quê? As pessoas andam, cospem, se espreguiçam, reclamam, fumam, coçam. Não há como saber sem ir até o beco. Em quinze minutos.

Sigo para lá, andando devagar e atento a cada sombra fugidia e cada gato vadio que fuça as latas de lixo. O beco é exatamente igual a todos os becos da Cidade-Centro. O porteiro, homem pequeno e magro, mais assustado do que eu, me aguarda ali.

– O que você quer? – pergunto, olhando-o de cima. Ele não se intimida com minha postura.

– O que *você* quer? – ele devolve a pergunta, filtrando-me com seus olhos pequenos.

– Como?

– Estive observando seus suplícios naquela fila miserável. Sei como é horrível ficar preso nela como uma mosca numa teia de aranha – ele começa a me rodear enquanto fala, um rato em busca de feridas que possa roer. Ultimamente, todo mundo me rodeia. – A fila consome. Suga todo o fluído do seu corpo até que não reste nada além de uma casca seca e doente numa espera que jamais termina.

– O que quer de mim?

– Não importa o que faça, nunca chegará sua vez. Jamais chegara à sala do Arquivo.

Avanço um passo. Ele recua e me indica com um movimento dos olhos o segurança oculto nas sombras de uma porta lateral.

– Não estou sozinho, meu caro. E vamos deixar a hostilidade de lado. Estou aqui para te ajudar a conseguir o que quer. Posso levá-lo ao Arquivo. Claro, tem aí as despesas embutidas do negócio, molhar a mão do meu colega ali atrás, dar uns calabocas. Sabe como é.

– Suborno.

Ele faz um ar ofendido:

– Não seja caxias, amigo. É só um agrado. Para cobrir as

despesas do negócio, como já disse. Além do mais, acha que vai conseguir o que quer ingressando outra vez na fila? Ah, não seja tão ingênuo. Ninguém tem o acesso liberado ao Arquivo há dez anos, sem a ajuda do papai aqui. Posso te levar até lá. Vamos fechar negócio ou não?

– Quanto vai me custar?

– Trezentos. Preço de tabela, inegociável.

Apalpo os bolsos. Não tenho dinheiro nenhum. O porteiro entende meu movimento e dá de ombros. Vira-se para ir embora.

– Tenha um bom dia.

– Espere.

Ele se volta com uma irritante expressão de quem sabe que está no controle.

– Vou conseguir o dinheiro – digo.

– Ótimo. Esteja aqui às seis. E não se atrase.

– Eu sabia que você voltaria, meu bem – sorri a velha, os dentes postiços brilhando como pérolas.

Entro em sua loja me sentindo o mais baixo ser humano dessa droga de Cidade. Ela está mais maquiada do que o normal. Sua boca, uma tira de couro velho, está encharcada de batom extravermelho; as pálpebras e as maçãs do rosto estão sob uma camada grossa de cosmético. Ainda está usando seu casaco de peles fechado do pescoço às canelas. Fuma uma piteira prateada, soprando anéis de fumaça no ar adocicado pelos incensos espalhados.

– Bela loja – eu digo, desviando os olhos para uma parede rosa choque iluminadas por fileiras de pequenas lâmpadas policromáticas. Manequins vestidos com peças sadomasoquistas se espalham por todo o lugar. Correntes. Espinhos. Couro. Chicotes.

– É o meu pequeno paraíso – a velha diz, trancando a porta

à chave. – Mas essa fila aí na frente está acabando com o movimento. O sexo é discriminado, meu querido. Os consumidores dos produtos que vendo gostam de discrição. Gente da alta, figuras importantes. Não querem se expor como frequentadores deste tipo de espaço.

Estou parado em frente a uma prateleira de pênis de látex vibratórios de tamanhos que variam do pequeno ao monstruoso. Posso imaginar porque as pessoas têm vergonha de entrar aqui.

A velha me abraça pelas costas, acariciando meu peito. Estremeço de repulsa.

– Calma – ela gorgoleja– não vou fazer nada que você não queira.

Ela me beija de leve. Meu rosto se contorce num esgar que só lhe causa mais prazer, pois sou como um cordeirinho, um virgenzinho indefeso que não pode escapar à paixão da devoradora de homens. É mais um fetiche, outra fantasia louca.

Toma-me pela mão, quer me levar para o quarto bem longe daquelas vitrines cheias de olhares indiscretos. Permaneço imóvel. Ela não entende o que há.

– O que foi?

Quase sinto pena dela quando me olha com aquele olhar bovino. Aquele olhar não mente. Não é sexo que quer, não somente. Está procurando algo mais.

– O que foi? – ela repete.

– Vai custar algum dinheiro – respondo, fechando os olhos para não ver meu constrangimento se refletindo em seu rosto. Ela me olha por um instante e, com um movimento displicente, apanha um talão de cheques na bolsa.

– Não será a primeira vez que pago pelo meu prazer, querido. Quanto vai ser? Cinquenta? Cem?

– Trezentos.

A expressão que ela molda na cara de cera derretida me faz

querer enfiar a cabeça na terra. Deboche, incredulidade, desprezo, tudo num único movimento de sobrancelha.

– Quem você pensa que é? Velho, sujo, desgrenhado feito um mendigo e fica aí botando banca de gostosão. Nem os melhores que já tive – e você não está incluído entre eles – me custaram tanto. Não vale tudo isso, benzinho. Vale cento e cinquenta, porque tenho dó de você – ela cospe as palavras, que me atingem como pequenas explosões, reduzindo minha dignidade a pó.

O sangue ferve.

Enfio minha língua em sua boca para provar que posso valer mil, se quiser. A princípio ela fica surpresa. Em seguida fecha os olhos e enrosca sua língua na minha, vasculhando-me cada centímetro da boca. Tenho engulhos. Aperto-a contra meu corpo e encho minhas mãos com suas nádegas mumificadas. Então me afasto. Ela fica como que sem fôlego, buscando o ar com respirações profundas. A lascívia escorre de sua boca na forma de um fio cristalino de saliva que ficou do beijo.

– Trezentos – digo. – Em dinheiro.

Ela se abana com um leque de motivos orientais.

– Que loucura, meu bem. Mas não tenho todo esse dinheiro aqui comigo.

Faço menção de ir embora.

– Espere.

Ela retira cuidadosamente um dos anéis dos dedos esmaltados e o coloca na palma de minha mão, fechando-a.

– Esse anel é de ouro. Quem me deu foi um velho senador de quem fui amante quando era jovem. Da última vez que mandei avaliar, estava cotado em mais de quinhentos. Serve como pagamento?

Guardo o anel no bolso. Ela entende o gesto e começa a se despir. O casaco cai aos seus pés.

Se isso não me torna um homem, nada mais torna.

– Parece genuíno – diz o porteiro, examinado o anel contra luz, um olho fechado. – Mas não sou especialista. Vou levar para um camarada avaliar. Volte amanhã.

Seguro o sujeito pelos colarinhos. Seus olhos dobram de tamanho.

– Nada de amanhã. Quero ir ao Arquivo agora.

Solto-o. Ele tenta pôr em ordem a camisa amassada e arrancada para fora da calça, resmungando qualquer coisa que não faço questão de ouvir. Começa a escurecer, a noite anuncia-se abafada sob as nuvens. Mariposas começam a voar ao redor das lâmpadas que vão se acendendo. A longa fila geme e range, uma hidra feita de desespero e impotência. Sinto um grande alívio por não fazer mais parte dela.

O porteiro faz sinal para que eu o siga até o fim do beco. Ali há uma porta de ferro para os fundos do prédio, de onde o seu cúmplice me observava antes. Ele dá três batidas secas. Uma gota d'água se desprende do ar condicionado que ruge alguns metros acima e atinge o alto da minha cabeça. Ao longe, o ruído quase constante de uma britadeira cessa. Os sinos de uma igreja dobram em algum lugar. Tristeza do dia que morre.

A porta se abre apenas o suficiente para o segurança espiar pela fresta. Ao certificar-se de quem se trata, ele destranca todos os ferrolhos e nos manda entrar. Seguimos por um corredor escuro ladeado de portas fechadas à chave. Uma única lâmpada zumbe e estala, cercada de grades e mariposas. A luz é insuficiente para iluminar toda a extensão do corredor, que parece se esticar para além do prédio. O segurança vai na frente, assobiando despreocupado. Para diante da grade enferrujada de um elevador. Pendurado nela, um cartaz onde se lê “fora de serviço”.

– É só para espantar curiosos – diz o porteiro, abrindo-a com esforço.

– Todo mundo tem medo de acidentes com elevadores, por isso ninguém entra aqui. Como é o único acesso ao Arquivo, ele fica seguro. Mas não há perigo, dou minha palavra. Pode entrar.

Não consigo decifrar a expressão no rosto dele.

Entro no elevador.

A grade se fecha.

– Quinto andar – o porteiro indica.

O segurança, encoberto pela penumbra, continua assobiando sua canção. Com um ruído estridente de metal oxidado, o elevador dá um tranco e começa a subir. Os dois homens lentamente vão ficando para trás. Antes de sumirem completamente, vejo-os trocando palavras e risadas maldosas. O celular de um deles toca, mas não os vejo mais.

1 2 3 4 5

O elevador continua subindo, pressionando lentamente minhas tripas para baixo. Não há luz aqui dentro, exceto as que emanam dos botões e da contagem dos andares.

1 **2** 3 4 5

Faixas compactas de luz começam a desfilar em perfeita cadência vindas sabe-se lá de onde.

1 2 **3** 4 5

Começo a ficar surdo com a subida, como se meus tímpanos flutuassem no vácuo.

1 2 3 **4** 5

Abaixo dos meus pensamentos vejo o sorriso de Maria Cecília se abrindo devagar, os olhos incandescentes como estrelas.

1 2 3 4 **5**

Novo tranco. O elevador para. Abro a porta de grades e penetro num novo corredor, idêntico ao anterior. Suas portas foram fechadas com tijolos, com exceção de uma única.

Caminho devagar, tentando minimizar os ruídos dos meus passos no assoalho de madeira, estrondosos feito granadas.

Alguém atrás de mim.

Viro-me depressa.

Ninguém. Apenas meu medo e minha sombra misturada às outras sombras.

A porta não está trancada, o que me surpreende. Mal toco a maçaneta, o chão fica preto e se move sob meus pés: uma legião de baratas pequenas foge da sala. Junto vem um cheiro de açúcar mofado. Afasto-me e deixo que ganhem o corredor. Num passe de mágica, elas desaparecem pelos buracos do assoalho e nas paredes.

Finalmente, o Arquivo.

Pelas dificuldades criadas em torno desse lugar, esperava coisa melhor. É uma sala grande, tão grande que ocupa praticamente todo o quinto andar, o que pode explicar as portas emparedadas no corredor. Quatro poderosos e antigos ventiladores de teto fazem circular um ar bolorento e – lá longe – levemente perfumado, o que torna difícil respirar. Conheço esse aroma perdido nas profundezas da poeira e do mofo: eucalipto.

Teias de aranha balançam pelos cantos escuros. Vou deixando pegadas na camada grossa de pó que permeia o chão. Os gaveteiros formam corredores intermináveis que se conectam num verdadeiro labirinto.

Outra barata passa por mim.

Novamente, sensação de não estar só neste lugar.

Mergulho nos corredores. Cada gaveta dos arquivos possui uma etiqueta indicando a letra inicial dos documentos guardados nela. Encontrar a seção *K* se mostra uma tarefa árdua. A ordem alfabética foi desmantelada. Ao fim do primeiro corredor dou de cara com janelas grandes cujos vidros, trincados, são mantidos coesos por tiras longas de fita adesiva. Levanto uma delas, a aragem da noite nova me atinge e me dá um momento de conforto. Olhando para baixo, vejo os galhos emaranhados do fícus, o toldo desbotado e, abaixo disso tudo, a hidra a se debater e lamuriar. Ao longe, a Cidade-Centro parece um cadáver.

Preciso encontrar a gaveta certa nesta infinidade desordenada. Respiro profundamente o ar fresco e retomo minha busca.

Ah, o cheiro de eucalipto é mais forte por aqui. Vem do meu lado direito, exalando de um gaveteiro solitário livre de poeira. Estranha e impecavelmente limpo, perfumado, com uma fina camada de lustra-móveis. Passo os dedos nele, depois os verifico: limpeza recente.

Não.

Por favor, não.

A letra *K* grafada na plaqueta. Não, porra, não.

Minhas pernas tremem. Era daqui que as baratas fugiam, era daqui que vinha a sensação de não estar sozinho. Pode haver alguém me espreitando pelos corredores, alguém que pode querer me enfiar uma faca nas costas. Abro as gavetas cheias de pastas e vou jogando todas no chão, Kerenyi, Kerlsch, Kameron, todos os papéis se espalhando pela poeira, papéis importantes para alguém da fila, mas não para mim. Não os *meus*.

Encontro a pasta Kant, enrugada, áspera, cinzenta.

Vazia.

Nada de certidões de nascimento, casamento ou óbito (o ciclo da vida).

Nada de mim ali, nada da minha mãe, nada da tal irmã. Não sou ninguém, só um borrão pálido desaparecendo minuto a minuto, sem emprego, sem família, sem esposa, sem sequer documentos que provem que existo.

Viro a gaveta no chão, espalho mais papéis, grito e me arrependo um segundo depois: um rangido metálico vem lá no corredor. Alguém pode estar fugindo.

Vou até a porta e espio o corredor pela brecha. Ao contrário do que imaginei, o elevador não leva ninguém – traz. Três homens caminham cuidadosamente em minha direção, armas em punho. Dois são policiais vestidos de cinza e coletes à prova de balas. O terceiro eu conheço, inconfundível com aquele porte roliço e máscara de couro: inspetor Oliveira. Eu os criei, e agora vieram me prender. Merda de porteiro. Não posso ficar aqui. Corro até os janelões, mas não dá para fugir por ali. Não há frestas, canos ou reentrâncias nas quais eu possa firmar as mãos e escalar. Porra, porra, porra. Olho para baixo. Sob o fícus e o toldo há uma viatura da polícia, giroscópio desligado. Calculo mais ou menos vinte, vinte e cinco metros de queda livre até lá. Devo arriscar o salto?

– É uma queda de trinta metros – diz uma voz rouca e macia atrás de mim.

Viro-me.

A agudez dos olhos parece me perfurar feito agulhas em brasa. – Você pode até sobreviver, mas quebrará tantos ossos que vai preferir estar morto.

Ele vem se aproximando devagar, fazendo com que eu recue até sentir o vidro frio da janela. É só um velho, mas seu porte demonstra tamanha força que me sinto pequeno. O crânio ossudo brilha com a luz que vem da rua. Veste-se com um guarda-pó branco que vai até os joelhos, mas por baixo suas roupas são pretas. Uma assustadora mistura de padre e médico.

– Um conselho – ele continua – salte de cabeça. Dessa forma ela explode como um melão e a morte é rápida. Excetuando-se, é claro, o impacto fortíssimo que sentirá por um milésimo de segundo. Durante esse tempo, só o que existirá é o choque. E caso pense em saltar de pé, é bom que saiba que seus fêmures entrarão no ventre com tanta violência que vão sair nos ombros. Cena lamentável.

Conforme ele fala, vou ficando paralisado, como um sapo diante do olhar de uma cobra. Minha vontade é lentamente envolvida por suas palavras, se encolhendo cada vez mais.

– Talvez eu esteja pintando um quadro exagerado. Mas apenas saberemos se você pular.

Meus joelhos querem se dobrar, meu coração parece pesar uma tonelada.

– Você pode fazer isso. Ou pode vir comigo para que eu possa ajudá-lo – ele me estende a mão nodosa. – Muito prazer, senhor Kant. Sou o Líder da Academia dos Metafilósofos.

Os joelhos finalmente vencem a batalha e eu desabo. Flexiono os músculos, aperto o maxilar, luto contra meu próprio corpo. A pergunta sai entre os dentes, pausada e dura, como se eu sofresse de uma dor intensa:

– Que tipo de ajuda?

O Líder se agacha e ergue meu queixo.

– Você está doente, meu rapaz. Precisa alguém que o ouça, que o ampare, que o guie de volta. Não consegue dormir. Não consegue pensar. Não consegue levar adiante a vida. Como se seu estômago estivesse cheio de cimento e você quer vomitar, mas não pode, quer defecar, mas não pode. Até mesmo seu arroto tem o gosto do concreto cancerígeno que está pesando dentro de você.

– Sigmund F. poderia me ajudar.

Ele se levanta e balança a cabeça desdenhosamente:

– Sigmund F. era uma anomalia. Um amontoado de ferro velho com fixação por falos e mães, construído por uma menininha aproveitadora. Aquilo nunca poderia ajudá-lo. Além do mais, agora está morto. Um pulso eletromagnético acidental fritou seus circuitos enquanto era transportado para um depósito.

Por que não me surpreendo?

– Mas eu posso ajudá-lo.

Não respondo nada. Ouço os passos do inspetor Oliveira e dos policiais se aproximando. Com o rosto colado ao chão, posso ver os sapatos pretos e os coturnos bem engraxados. Armas são apontadas para mim.

Sem saber o porquê, desato a rir.

Os homens se entreolham, confusos.

Mas não o Líder. Ele permanece frio, acostumado a lidar com gente como eu. Vai até os janelões e observa a rua. Espera que eu diga alguma coisa, que peça por ajuda, que rasteje como um réptil.

Devo confiar nele?

– Confie em mim – ele diz, como se tivesse lido minha mente. – Só quero ajudá-lo.

Mais uma vez, ele me estende a mão.

– Esse homem é um terrorista perigoso, Líder – diz o inspetor Oliveira. – Vamos acabar com ele aqui mesmo. Ninguém vai perceber nada, faço o corpo desaparecer sem levantar suspeita.

– Seguiremos o Cronograma, senhor Oliveira. Nada de mortes.

Oliveira mal consegue disfarçar a decepção.

Pareço estar vendo as coisas através de uma cortina de fumaça vermelha. Um estranho torpor faz com que as vozes soem longínquas e próximas ao mesmo tempo. Levanto a mão trêmula.

Preciso de ajuda.

Preciso mesmo de ajuda.

(O que este homem está fazendo comigo?)

Há uma seringa escondida em sua mão.

Um animal acuado, é o que sou.

Então tudo acontece rápido demais: atiro-me contra o Líder e vamos contra os janelões. Sua máscara de falsa benevolência se transforma em surpresa e depois em medo. Os vidros se quebram contra suas costelas e juntos despencamos na noite lá fora.

Caímos. Engalfinhados.

Atravessamos a copa do fícus, acertando galho e galho e galho.

Perfuramos o toldo.

Atingimos a viatura com estrondo, amassando o teto e trincando o para-brisa.

(A surpresa das pessoas na fila.)

Grande parte do impacto foi absorvida pelo corpo do Líder. Mas ele não está morto. Geme baixinho, enfiado no acrílico do giroscópio. Seus óculos estão tortos no rosto enrugado. Um filete de sangue escorre do canto de sua boca.

Salto, ainda desnorteado, e apanho a seringa presa à mão dele. Um líquido oleoso pinga da agulha. Da janela do quinto andar, o inspetor Oliveira e os policiais ordenam que eu permaneça parado. Solto a seringa no chão. Claro que não obedeço: sou um terrorista perigoso, certo?

É como se fosse um duelo: eu daqui, parado, os poros dilatados cuspindo suor azedo, agitando nervosamente uma moeda entre o polegar e o indicador; ele de lá, enterrado no concreto da calçada, ereto, fitando-me com desprezo.

O telefone público e eu, no breu da madrugada.

Quando o vejo ao longe, a carcaça azul piscando na distância, uma vontade quase irresistível de ouvir a voz de Maria Cecília me toma de assalto e me estrangula. Tento puxar de volta as coisas que ela me fez para fortalecer a raiva e eu tenha outra vez vontade de matá-la, mas não posso. Não consigo. Não quero. Não lembro. A necessidade que tenho dela começa a me consumir.

Retiro o fone do gancho.

Insira o cartão, ele me pede, não posso completar sua ligação sem o cartão.

Tudo que eu tenho é uma moeda, respondo.

É tudo o que você tem?

Sim?

Essa ligação deve ser importante para você.

É.

Deve ter mulher no meio. Daquelas bem safadas, que aprontou alguma. O que foi, pegou ela com outro?

Eu não gostaria de falar disso. Principalmente com um telefone de rua.

Ok, ok. Não está mais aqui quem falou.

Desculpe-me.

Tudo bem, cara. A julgar pela sua aparência, não deve estar em seus melhores dias. Vamos, me passe essa moeda. Verei o que posso fazer por você.

Encosto a moeda na ranhura. Com um ruído gorgolejante, o telefone a suga para dentro e sofre uma violenta crise de tosse.

Você está legal?

Aham. Sim, estou, ele diz, recuperando o fôlego. Faz tanto tempo que não engulo moeda e ficha que esqueci como elas podem ser incômodas. Essas modernidades só servem para amolecer o sujeito, meu caro.

E minha ligação?

O número, por favor.

57608285-870406.

É um número bem grande. Deve ser difícil decorar.

Com um espasmo, o telefone lança um pulso pelas teias de fibra ótica que percorre postes e ruas e bairros até atingir a central telefônica, onde é redirecionado por uma mocinha com a cara repleta de espinhas novamente para as teias de fibra ótica que percorrem postes e ruas e bairros e atinge como um torpedo o telefone cinza de uma casa do subúrbio. Uma mulher de cabelos preto-azulados, que dorme um sono de angústia, acorda com um sobressalto. Sua mão desliza para o aparelho na cabeceira, trêmula, um movimento menos gracioso do que o habitual. Está ansiosa, aflita, assustada, sonolenta, uma mistura que se agita dentro dela como se fosse um liquidificador barulhento.

– Cosmo...?

A voz embargada de Maria Cecília ameaça destruir a solidez da frieza com a qual eu estava disposto a encarar a conversa.

– Cosmo, querido, é você? – ela repete.

Para que conversar com ela? O que ganho com isso?

– Sei que é você. Diz alguma coisa.

Não sei o que responder. Não devia estar fazendo isso. Alguma coisa mais forte do que eu segura minha mão e me mantém ouvindo sua respiração, sentindo através da lembrança seu hálito ao meu ouvido, seus sussurros quentes e úmidos. Você é o diabo, mulher. Isso não pode ser amor, não mesmo. É controle. Como se o Verme de Mel adormecido em algum lugar das ilusões amorosas fosse excitado com a ideia do Amor Perfeito. Ele se agita dentro de mim e me diz que desejo beijá-la, amá-la, protegê-la. Não posso cair nesse truque de segunda de novo. Não é amor de verdade, Cosmo, grita a Razão, é só mais uma distração para desviá-lo. Desligue a droga desse telefone e acabe com isso.

Não Cosssmo, silva o Verme de Mel, não dê ouvidosss à Razzzão. Ela essstá louca como uma pedra. Vai dizer coisssasss que o levarão para o hossspícccio ssse vocccê ouvir. Ela é o ssseu Amor, querido, sssó quer o ssseu bem e vocccê a essstá magoando. Em breve ela ssse cansará de vocccê e vai abandoná-lo de verdade. Então, quando ssse der conta do absssurdo desssértico para onde leva sssua vida, essstará sssozzzinho.

Maria Cecília começa a chorar ao telefone.

Viu sssó? A pobrezinha essstá aos prantosss por vocccê, querido. Volte para ela.

É pura falsidade, Cosmo. Não caia nessa jogada. Ela não te ama de verdade.

– Fale comigo. Não vê que assim só aumenta minha tristeza?

Coitadinha, sibila o Verme de Mel.

A piranha egoísta acha que é com seus sentimentos que devemos nos preocupar, grita a Razão.

De um lado está o Verme de Mel, ondulando lânguido e sedutor, dizendo exatamente o que quero ouvir. Do outro lado está a Razão, um emaranhado geométrico duro e antipático.

– Só queria ouvir sua voz – digo, arrependendo-me um segundo depois. A Razão balança a cabeça, decepcionada, enquanto o Verme silva alto e rápido, um silvo intermitente que se parece com uma gargalhada de satisfação.

– Graças a Deus. Tive tanto medo de que tivesse feito uma besteira... Diz onde está, vou buscá-lo.

Olho para a Razão. Seja sensato ao menos uma vez, ela esbraveja.

– Não volto mais para casa, Maria. Nunca mais. Acabou.

– Não diga uma coisa dessas. Você está doente, mas a gente procura um bom médico e...

– Pare de insistir nesta história de que estou doente, porque estou cansado dessa besteira toda de médico e remédio que você inventa. Isso só piorou as coisas.

– Me deixe ajudar, querido. A gente sai dessa junto.

– Não existe mais essa coisa de "a gente", Maria. Eu te enxergo de verdade agora. A distância me ajuda a distinguir a mulher real da mulher de mentira. Você não é mais a Maria que conheci. É outra mulher. O que fizeram com a Maria de verdade? Existiu uma Maria de verdade?

– Cosmo, sou eu. Não existe outra além de mim. Você está precisando de ajuda.

– Por que todo mundo vive dizendo isso para mim? O que estão fazendo comigo? Para quem você trabalha?

– Não trabalho para ninguém. Eu te amo. Quero que volte para casa.

– Isso não vai acontecer.

– Se é pelo que aconteceu, eu já te perdoei.

– Ah, você me perdoou? Que generosa.

Estou a ponto de desligar o telefone quando ela tenta a última jogada:

– Encontrei a caixa.

– Que caixa?

– Aquela com a papelada de sua mãe que você insistiu que eu queria esconder. Está aqui. Quero entregar a você, como prova de que só quero o seu bem.

A Razão se desespera: é uma armadilha, seu trouxa, logo agora ela ia encontrar a porcaria da caixa?

Marque um encontro com ela, querido. Vocccê verá que tudo não passsou de um lamentável equívoco. Ela lhe entregará a tal caixa e verá que não há nada de errado com sssua vida ou com ssseu passsado. A vida ssseguirá adiante como sssempre foi.

Mais uma vez, o conselho que vence a disputa para guiar minha decisão vem do Verme de Mel.

Ah, fodam-se, diz a Razão.

Deixe ela, querido. Sssó está um pouco irritada porque é uma má perdedora. Faça o que tem de fazzzer.

– Tudo bem – digo para Maria Cecília. – Encontro você pela manhã no Parque. Leve a caixa e vá sozinha.

– Está falando como personagem de filme. Com quem mais eu iria?

– Sozinha – repito, e bato o telefone com força.

Um pouco de delicadeza não faria mal, resmunga o aparelho.

Está satisfeito? Saciou sua sede masoquista de sofrimento emocional? Aplicou sua dose de morfina afetiva para aliviar a dor? Sorveu a ...

Pode parar, já entendi, interrompo a Razão e seu sarcasmo. O Verme de Mel, a barriga inchada e transparente de satisfação, move-se cada vez mais devagar por minhas tripas e artérias, acomodando-se sonolento na base da minha espinha. Ali ele adormece, sonhando com o banquete que terá mais tarde quando meus olhos pousarem em Maria Cecília mais uma vez.

Haveria algo que eu pudesse dizer para demovê-lo da ideia de irmos ter com aquela vaca?, Razão quer saber.

Lamento, respondo.

Perguntei por perguntar. Aparentemente apenas seus impulsos sexuais merecem ser ouvidos.

O que tenho – tinha – com Maria Cecília não era puramente baseado em sexo.

Ah, não? Razão abre um sorriso feito de ironia que não é mais que uma estreita abertura por onde é possível ver dentes perolados em perfeita simetria.

Quero dizer, o sexo também era importante, mas havia algo mais. Uma mistura do nosso sangue, nosso cheiro e nosso sabor numa coisa só.

Poupe-me de tanta bobagem sentimentaloide, por favor. Sejamos práticos. A vadia vai entregar a caixa. E se for uma arapuca para nos pegar?

Não quero acreditar nisso.

Cale a boca e escute, porra. A gente devia levar uma arma, talvez um revólver. Se alguém tentar alguma gracinha, poderemos nos defender.

Masss que besssteira homérica, boceja o Verme de Mel mudando de posição.

Ninguém pediu sua opinião.

Eu concordo. Essa coisa de arma não é legal, opina o telefone.

Já lhe disseram que é falta de educação ouvir a conversa alheia?, esbraveja a Razão.

Não posso evitar minha natureza, amigo. No meu ramo de trabalho, ouvir conversas é um pré-requisito. O telefone ri de suas próprias palavras, sendo acompanhado por um longo chiado sibilante do Verme de Mel.

Deixo minhas vozes discutirem o quanto quiserem e saio dali.

O movimento na rua deixa de existir conforme a madrugada avança e engole a Cidade-Centro. Não há mais ônibus, nem metrô, nem dinheiro para o táxi, portanto tenho muito que andar.

Nada agora me diferencia dos mendigos meio loucos que percorrem as ruas. Cada vez mais me transformo num deles, um maltrapilho girando pelas calçadas, invisível aos produtivos e sempre ocupados cidadãos de bem.

Portas e janelas estão fechadas agora. O mundo é uma gosma escura, pontilhadas de luz e centelhas de vida decadente nos becos e botecos apodrecidos. Os únicos sinais de pessoas são os travestis alienígenas, as prostitutas reconstruídas com silicone a alumínio e os viciados em nuvens que vou encontrando pelo caminho.

Duas horas de caminhada lenta depois, chego a uma imensa campina entre duas artérias rodoviárias. O Parque consiste num lago de águas turvas cheio de patos durante o dia e morcegos à noite, cercado por pinheiros esparsos. A esta hora, muito longe ainda do nascer do sol, o lugar está deserto – com uma exceção de um ou outro notívago que usa suas moitas como banheiro.

O ar é frio entre as árvores, bom para respirar. O oxigênio percorre o corpo e traz uma sensação de coisa nova. Minha respiração se condensa. Tiro os sapatos. Os pés, suados, sujos e confinados tempo demais, absorvem o frescor do orvalho que polvilha as lâminas de grama. Ah.

Deito-me e observo as estrelas. Nos filmes e livros, sempre que os personagens observam o céu pelo menos um deles conhece e ensina o nome das estrelas e constelações. Invejo isso. Olho para as pequenas joias rutilantes como um analfabeto estelar, um estranho que vai a uma festa sem conhecer e fica lá, parado num canto. Queria poder apontá-las e dizer, oh, bem, aquela é a ursa menor, aquela é a maior e aquela é a média; ali bem no canto está a Estrela Polar e, veja, lá estão as Plêiades. Essas são as coisas que sei sobre o cosmo.

A algazarra serrilhada dos grilos começa a se sobrepor ao meu deslumbramento com os astros. Com o coro de sapos do lago, o arrulho rítmico de um pombo insone, seguido dos zumbidos dos mosquitos e do quase imperceptível farfalhar das saúvas no tronco de um pinheiro, flutuo por nuvens de sonho, por entre as piscadelas das estrelas que descem e passeiam por entre as árvores – não, não são estrelas, são vaga-lumes interpretando o compasso com luzes químicas. Na periferia esquerda da visão surge um ponto transparente feito uma gota de chuva. O ponto se torna dois, três, cem, mil, um milhão – e puxam para baixo minhas pálpebras.

Não há motivos para pânico, pétalas de rosa e cinzas caindo como neve, sorvete de pulmão e buzina profunda de caminhão.

Buzina profunda de caminhão.

Meu cérebro acorda primeiro.

Levanto-me.

Não tenho tempo para dormir, já dormi demais, a vida é a droga de um sono desconfortável.

Por entre as árvores, os faróis de um caminhão percorrem a rodovia, levando sua carga para lugar nenhum. Cuspo no gramado placas grossas de catarro sangrento, calço os sapatos e pego a estrada.

Quarenta minutos no ar novamente quente até o consultório de Sigmund F. O sobrado de elegantes telhas vermelhas parece fantasmagórico sob a luz da lua. Inconfundíveis faixas amarelas da polícia gritam ameaças para que ninguém se aproxime. Isso não pode me impedir. Arranco todas as faixas.

Há um aviso afixado na belíssima porta de folha dupla, com o timbre oficial da Academia dos Metafilósofos.

Leio:

ACADEMIA DOS METAFILÓSOFOS

Este estabelecimento encontra-se fechado e lacrado por ordem federal, de acordo com o artigo 27, subseção 4, inciso 12, parágrafo 2. O rompimento do presente lacre incorre em crime contra a comunidade, estando o infrator sujeito às severas punições da lei, como torturas físicas, desfiguração e mutilações.

B. Carvalho, Inspetor de Primeira Classe da Academia dos Metafilósofos, Jurisdição da Cidade-Centro

Na lateral do sobrado, procuro por uma janela que, por descuido, esteja destrancada. Claro que não encontro nenhuma, essas coisas só acontecem nos filmes. Todas estão laboriosamente trancadas e lacradas com a faixa amarela. Por maior pecado que seja causar dano a uma propriedade tão bonita, não hesito em quebrar o vidro com uma pedra e puxar o ferrolho de ferro fundido. Esgueiro-me pela abertura e penetro no que descubro ser um banheiro social.

A casa está vazia. A mesa da secretária-projetista foi retirada do lugar. Não só a mesa dela, mas toda a mobília, quadros, os sofás de couro preto, os vasos de palmeiras e orquídeas, tudo foi levado. Não há dúvidas de que tudo está relacionado aos tais Metafilósofos, e de alguma forma a mim. Mas qual é o interesse deles? E eu no meio de tudo isso?

Tão escuro por aqui. A merda é que não tenho a porra de uma lanterna, nem faço ideia de onde fica o quadro de força. Isso dificulta um pouco o trabalho de encontrar qualquer vestígio de Sigmund F., presumindo que sua destruição seja um grande embuste contado pelo tal Líder.

Cada cômodo que visito se revela tão vazio quanto o anterior. Não há mais nada aqui que possa me ajudar, uma pista que seja. Tudo está impecavelmente limpo, cheirando a desinfetante de eucalipto. Volto ao banheiro, para sair pela janela por onde entrei. Piso com muito cuidado para não me cortar nos cacos de vidro espalhados pelo chão.

– Você gosta de quebrar janelas, né? – alguém sai de trás da porta e quase me causa uma parada cardíaca. Um gigante de macacão, portando uma vassoura como se fosse uma lança hoplita. Bastos bigodes descem pelo seu pescoço, uma tatuagem de crânio trespassado por ossos com a legenda *Fortaleza* lhe cobre parte do braço.

– E você, quem é? – pergunto. A resposta é um resmungo e uma tremenda vassourada que me acerta a fronte.

– Ladrão!

Esquivo-me da segunda vassourada, que passa raspando meu peito, e balanço os braços tentando convencê-lo a me ouvir. Minha perna de apoio desliza sobre o amontoado escorregadio de cacos de vidro. O chão foge e vou de encontro ao vaso sanitário. O choque faz meu cérebro chacoalhar dentro do crânio. Consegui, penso, quebrei minha cabeça num vaso sanitário. Então a vassoura me acerta o rosto e fode tudo de vez.

Uau, eu penso ao acordar. Minha cabeça não está esparramada pelo chão. Porque não há chão. Não há céu. Não há horizonte. Não há nada aqui além de mim, luz ou sombra, ar ou poeira. Estendendo-se por um trilhão de quilômetros, um Vazio.

Olho para cima, e o cima – tendo minha própria posição como referencial – é tão raso e profundo como a ausência que está abaixo de meus pés. Bato com o pé direito três vezes no chão, toc, toc, toc. É como estar pisando em um assoalho de tacos, mas não há Nada aqui.

Começo a caminhar, estabelecendo o que imagino ser uma linha reta. Posso passar mil vezes pelo mesmo caminho sem ter a menor noção de que faço isso. O pior é a sensação de que o Vazio também começa a me preencher, infiltrando-se em mim pelos olhos, cabelos, ouvidos, poros, nariz, reto, uretra, boca. Não posso parar de andar de jeito nenhum. Ficar aqui, imóvel, é também ser o Vazio, é me mesclar ao Nada que me pressiona cada centímetro do corpo como numa profundidade oceânica. Ao andar, produzo movimento e faço meus passos existirem, ainda que a distância não exista, portanto não possa ser percorrida. Se eu gritar ou cantar, faço o som existir, os meus ouvidos estarão aqui para fazê-lo real. Eu canto, eu grito. A vibração das minhas pregas vocais se projeta para fora e se torna uma coisa pedregosa e áspera que cai pesadamente no chão – ou na linha inexistente ao nível dos meus pés. Minha voz se converte em existência aqui. Minha palavra cria, minha palavra me torna um deus. Sou Deus antes do Nada me consumir, o Tudo, ou um dos Tudos possíveis.

Uma porta, eu digo, e imediatamente tenho uma diante de mim. Uma porta grande, com aparência de madeira e metal, mas com a consistência de fumaça. Abro-a e atravesso, mas continuo no mesmo não-lugar. Outra porta, eu digo, e tudo se repete da mesma maneira. Uma nova porta surge atrás da anterior e, como aquela, não dá para lugar algum.

Tento outra vez, uma porta que me leve para fora daqui.

Uma terceira porta surge. Suas dobradiças rangem quando a abro.

Os sons, as luzes, a existência, atingem meu rosto. Do outro lado, uma longa escadaria branca sobe até um céu azul, onde gaivotas voam. Existe um mar em algum lugar aí fora, quase posso sentir a maresia e o chiado ritmado das ondas contra as pedras.

Agora tenho duas opções: ficar no Vazio onde minha vontade pode criar para mim um mundo perfeito (com um pouco de prática, é claro); ou explorar a escadaria que existe lá fora. A escolha é óbvia – ser deus é mais do que eu poderia suportar.

Atravesso a porta. Começo uma lenta subida. No décimo sétimo degrau, descubro o Mar.

A escada sobe vertiginosamente para o alto de um rochedo, ilógica em sua forma: às vezes ela se enrola como uma trepadeira nos pontos onde o imenso dente rochoso se torna fino como um tronco de árvore – e nesses momentos tenho medo de que ela desabe no Mar brilhante lá embaixo; outras vezes seus degraus se afastam da pedra e seguem de forma oblíqua por vários e vários metros, apoiados em varetas finas de quartzo.

Tento não olhar para baixo ou para cima enquanto subo, um efeito de pêndulo nos ouvidos. Os pés se tornam indecisos, os joelhos hesitam – a altura sempre me afeta o equilíbrio. E há o vento, que vem de lá, de cá, dali, de lá outra vez, e me força a olhar o caminho através de pequenas frestas nas pálpebras cheias d'água. A escada oscila, estala, pedaços de pedra se desprendem e desaparecem na vastidão abaixo. O abismo parece querer me puxar, um receio quase doentio de que eu ceda e me atire da encosta pulsa no fundo da cabeça: pular simplesmente porque posso pular. (Deslizar pelo ar, chocar-se com a água dura como ferro, ter as tripas espalhadas pelo mar salgado, devoradas pelos peixes.)

Mas o azul outrora límpido começa a se tornar pálido e frio quando a escadaria a perfura as nuvens. Logo estou imerso na imensidão branca que encharca minhas roupas e cabelos. Preciso tatear feito cego para localizar o degrau seguinte, o que deixa a subida ainda mais lenta.

Por fim, uma bolha fosca de luz começa a ganhar força lá em cima – e logo o sol ressurge furioso. A nuvem fica para trás, mas o frio e a escada permanecem, seguindo em espiral por um rochedo cada vez mais agudo. Ao alcançar, praticamente rastejando, o último degrau, deparo-me com uma estrutura de aço e madeira que sustenta um longo trampolim. Tamanho esforço para chegar a lugar nenhum.

Fico de pé no trampolim e observo a grandeza do céu, o esplendor do sol, o tapete de nuvens forrado na linha do horizonte. A estrutura range e balança com o vento. Um som de coisa se partindo se propaga pelo ar. A escadaria racha de cima a baixo, rompe-se e despenca como uma serpente marinha sem vida, desaparecendo nas nuvens. Leva um segundo para eu me dar conta de que estou preso aqui, num trampolim encarapitado no dente rochoso e pontiagudo que se projeta do mar para o céu.

Cai a noite, e vai escorrendo devagar.

Sentado, braços em torno dos joelhos enregelados, observando a paisagem assustadora.

Durante a madrugada, as nuvens abaixo escurecem. Relâmpagos ruidosos faíscam dentro delas às centenas. Um deles atira-se para o céu e desaparece entre as estrelas. Depois disso, um zumbido elétrico parece não querer sair de mim. Não faço ideia de que lugar seja este, nem como ele se encaixa nas lógicas da minha loucura.

Perdido em pensamentos perdidos, assisto o sol nascer como um parto atômico.

Um ponto branco volita ao longe, planando nas correntes de ar. Desenha círculos cada vez menores e mais próximos até pairar dezenas de metros acima da minha cabeça.

– Ei, gaivota, como é que eu saio daqui?

A ave move levemente uma das asas e embica num voo rasante que a leva para frente até quase desaparecer na distância, e então faz uma curva e vem nesta direção. Pousa na ponta do trampolim. Ela balança o pescoço e me dirige um olhar comprido. Aproximo-me devagar para que ela não se assuste e fuja. Não sei há quanto tempo não como, nem quanto tempo vou ficar por aqui, por isso é melhor aproveitar a oportunidade. Carne de gaivota deve ser como carne de frango.

– Não estou gostando do jeito que está me olhando. Você quer sair daqui ou me comer?

Não vou dizer que me surpreendi.

Na verdade, o que sinto está mais próximo do desapontamento e da frustração. Sim, porque o fato da gaivota falar significa uma série de fatores que estão fora de meu controle. Eu posso estar sonhando. Tendo visões pela fome. Pelo cansaço. Pela loucura. Ou por tudo isso junto. E não posso comer um bicho que fala, seria imoral, eu acho. Só me resta esperar.

– Pois é – suspira a gaivota.

– Pois é – devolvo. Estou nas portas do céu com uma gaivota falante e estamos completamente sem assunto.

– Não queria te assustar – ela diz.

– Tudo bem. Não me assustou. Você é mais uma daquelas figuras que ficam me dizendo coisas, não é?

– Pode se dizer que sim. O dia hoje está prometendo ser quente.

– Não está me parecendo muito entusiasmada.

– Ah, é que já estou um pouco de saco cheio de tudo isso. Para ser sincero, eu acho que a coisa toda já está demorando demais.

– Que coisa?

– Ora, você. É burro feito uma porta.

– Burro, eu?

– Você mesmo. O que falta para perceber o que está acontecendo?

– Como, o que está acontecendo?

– Eles querem tudo do jeito que está, não querem que a coisa mude.

Chego mais perto.

– Do que está falando?

A gaivota olha para os lados como se quisesse ter certeza de que estamos a sós.

– Os Metafilósofos sabem que a chave está com você.

Acho que posso chegar a algum lugar se souber levar esse pássaro pelo caminho certo.

– Porque não me explica direito? Temos todo o tempo do mundo.

– Não temos todo o tempo do mundo. A coisa é mais urgente do que você pensa. Pode acabar morto. Ou pior.

– Ninguém vai fazer nada comigo. Eu inventei tudo isso.

– A Academia dos Metafilósofos é o verdadeiro poder que comanda a Cidade-Centro. Eles não querem perder isso, por isso controlam você, mantendo-o domesticado e manso como um cachorrinho. Porque você pode mudar tudo. Mas eles sabem que todos nós somos impotentes sem sua ajuda. Estamos todos definhando lentamente. Morrendo. Nenhum de nós oferecia ou oferece de fato algum perigo, eles só precisam se preocupar com você. Mas não podem matá-lo, pois você é igualmente importante para a manutenção da ordem deles. Sem você, não há coesão, não há dinâmica, não há nada além de um espectro evanescente sem força para se manter. Eles precisam mantê-lo preso e feliz na sua vidinha suburbana para que tudo continue dentro da normalidade. Então eles arquitetaram um Plano Diabólico E Sinistro. Sequestraram-no, fizeram coisas na sua cabeça, manipularam seu centro nervoso, suas memórias, implantaram lembranças de coisas que nunca existiram, injetaram drogas nas suas veias para mantê-lo dócil. Esculpiram a forma de seu Amor Perfeito a partir das informações que extraíram de você, e lhe deram de presente. Mas essa não é sua natureza. De alguma forma, você resiste. Se a Cidade-Centro permanecer imóvel como está, acabará atrofiando. Será desfeita pelo Nada que a circunda. Os Metafilósofos não aceitam isso, mas é um fato. Já está acontecendo, e você pode sentir isso em cada célula sua. Olhe ao seu redor. Veja quanta coisa lhe parece fora do lugar. Coisas que você não deveria perceber, coisas pequenas e grandes. Você escapou momentaneamente do controle, e agora eles estão numa corrida desenfreada para lhe colocar outra vez as rédeas. Eles o prenderam durante muito tempo através do amor que sente por aquela mulher, acreditando que você jamais iria tentar alguma coisa que prejudicasse a vida confortável que tinha com ela. Agora que este amor está estremecido pela Dúvida, você é outra vez uma ameaça.

– É uma boa história.

– Não é uma história. É a verdade. Se você pirar agora, vai pôr tudo a perder.

Agarro a gaivota pelo pescoço, um movimento tão rápido que até eu me surpreendo.

– Eu já pirei há muito tempo, passarinho. Sabe aqueles doidos que matam a esposa e os filhos e dizem que foram duendes e demônios que mandaram? Pois é. Você, o gato, o reflexo, o telefone, a Razão, o Verme. Todos vozes da minha cabeça.

Aperto o pescoço dela. A penugem quente roça na minha mão. Seus olhos se arregalam. Ela começa a emitir um ruído similar a tosse. Então me lembro dos olhos de Maria Cecília tomados de pavor enquanto eu tentava esmagar sua garganta.

Não posso fazer isso.

Solto-a.

Ela apoia as asas desconjuntadas no chão e aspira o ar com urgência, tentando normalizar a respiração. Quando fala, percebo que está assustada e furiosa, pois sua voz sai trêmula e vingativa:

– Sua mulher tem muitos segredos, disse a gaivota.

Lá embaixo só havia o abismo.

Déjà vu.

Nessa hora, acontece o impacto.

O chão foge debaixo de mim e vou de encontro ao vaso sanitário. O choque faz meu cérebro chacoalhar dentro do crânio. Consegui, penso, quebrei minha cabeça num vaso sanitário. Então a vassoura me acerta o rosto e me bota para dormir por um instante. A pouca luz desaparece por um piscar de olhos. Percebo então que aqui não está escuro – era eu quem não captava a luminosidade. Mas agora minha mente clareia novamente e eu posso ver. E me mover.

Há sangue espalhado pelo azulejo e pelo vaso sanitário, meu sangue, e nenhum sinal do homem, a não ser a vassoura que, na pressa de fugir, deixara para trás. Na certa, achou que eu estava morto e que uma acusação de assassinato prejudicaria suas chances de conseguir outro emprego.

A LUZ NOS OLHOS DELA

Limpo com as costas da mão um filete de sangue no canto da boca. Apoio o peito contra uma árvore, assim meu rosto absorve algo da luz que ultrapassa o teto de árvores do Parque. No gramado estão muitas pessoas: um coletor de lixo catando folhas com um tubo aspirador; crianças brincando de bola, correndo, empinando pipas de rabiolas coloridas; pais comprando sorvete num furgão branco, rosa e azul para suas menininhas gorduchas, deixando umas moedinhas de gorjeta para o sorveteiro; famílias felizes sentadas em toalhas, usufruindo da companhia uns dos outros, rindo, se beijando, comendo quitutes tirados de cestas de piquenique. Todas deslizam diante dos meus olhos como se fossem parte de uma foto de calendário. Minha atenção se volta para a mulher morena de óculos escuros e chapéu, que olha impaciente para o relógio a cada minuto e meio, braços finos em torno dos joelhos.

É ela.

Ao seu lado estão duas caixas, um cesto de vime enfeitado com margaridas de plástico, e a outra é a caixa que pertenceu à minha mãe. O objeto que me traz aqui, que me faz encarar Maria Cecília outra vez.

Ela suspira. Seu olhar vagarosamente se volta para as árvores. Por mais que estejam ocultos por trás das lentes escuras, sei que é para mim que ela olha. Morde o lábio inferior num instante de apreensão, como se não soubesse o que fazer agora que sabe onde estou, e então abre seu sorriso mais encantador e faz um gesto para que eu vá ao seu encontro. Faço menção de ir embora, eu quero ir embora, mas não me movo. Não posso negar que a amo e desejo mais do que qualquer coisa. Mas acima disso paira a sensação, talvez soprada por um diabo ou um anjo, de que tudo que a envolve é falso e artificial.

Agora ela está de pé, gritando meu nome com as mãos em concha, a voz se perdendo na balbúrdia alegre das outras pessoas. Vou ao seu encontro, altivo o mais que posso dentro dessa aparência suja. Alguns pais chamam suas crianças para perto quando passo, e mentalmente eu mando todos para o inferno, embora estejam certos. Paro diante de Maria Cecília, visivelmente atordoada com meu estado, sem saber se me olha nos olhos, se baixa a cabeça, se sorri ou me abraça. Também não sei o que fazer, por isso não mexo um só músculo com medo de me trair e deixar cair a máscara de distância que tento manter.

O silêncio é constrangedor.

Ela tira os óculos escuros e me aponta a caixa como se não se importasse com aquilo.

– Está ali. Pode levar. Só peço que me deixe dizer o que vim aqui dizer – ela toca minha mão de leve com a ponta dos dedos.

– Você não tem o direito de me pedir nada.

– Por favor. Pelo amor que um dia sentiu por mim.

Não ouso olhar nos seus olhos, pois conheço o feitiço de que são capazes. Ignoro tanto o pedido quanto o tom apreensivo em sua voz.

– Só vou pegar minha caixa e ir embora. Não se preocupe, vou mandar notícias. Quando encontrar o que procuro, vou deixá-la livre para fazer o que quiser com sua vida. Pode até se casar outra vez, não estou nem aí.

– Não tem outro, Cosmo. Minha vida só faz sentido com você. Antigamente, você compreendia isso. Agora está tão distante. Frio. Não é mais o homem que conheço – ela segura meu rosto entre as mãos. – O que está havendo? Preciso saber.

Afasto suas mãos sem encará-la, um movimento rancoroso. Ela insiste em se aproximar, mas eu recuo. Desiste momentaneamente da investida diante da resistência. Está tentando seus truques.

– Vamos comer alguma coisa.

Senta-se sobre a toalha amarela com estampa floral e abre o cesto repleto de coisas deliciosas, pudim, bolo, sanduíches de frango, arrumando tudo com esmero. O cheiro me recorda da fome, e o sorriso cativante e convidativo dela começa a perfurar minha armadura e me faz sentar ao seu lado, consciente de que caio outra vez no laço. Sirvo-me de um dos sanduíches, cortado ao meio na forma de um triângulo. Ela come a outra metade como se tudo estivesse bem.

– Lembra do nosso primeiro beijo?

Não respondo.

– A gente estava comendo cachorro-quente. Minha bochecha ficou com um pouco de mostarda.

– Eu me lembro – e com isso quero dizer que não estou a fim de que ela continue com a história. Ela chega mais perto de mim, abrindo um segundo sanduíche e tirando os grãos de milho do patê.

– Você chegou perto com aquele par de olhos brilhantes, limpou a mostarda do cantinho da minha boca e me tascou um beijo.

– Foi. (Ah, pare com essa pieguice pelo amor de Deus.)

– Tão lindo. Você parecia um príncipe rebelde, com aqueles cabelos compridos e aquela barbicha rala – ela apoia o rosto na palma da mão e esta sobre os joelhos, procurando meus olhos, linda como uma boneca de porcelana. – Você era um malandrinho, isso sim – continua, entre um sorriso. – Se aproveitou do momento para me roubar um beijo. Mas eu adorei.

– Fiz isso com outras garotas também.

Sua cara alegre se desvanece. Não se dá por vencida, porém. Seu braço se enrosca com o meu.

Uma borboleta[2] de asas azuis pousa sobre a caixa de minha mãe.

– Que linda. Sinal de boa sorte – sussurra Maria Cecília, apanhando a borboleta entre os dedos.

– O suor da sua mão é suficiente para danificar as asas dela para sempre.

Ela faz um muxoxo sem graça e passa a borboleta para mim. Mas é tarde demais: na minha mão, ela se retorce em movimentos desesperados, tentando sem sucesso erguer as asinhas caídas e enrugadas[3].

– Coitadinha – diz Maria Cecília. – Eu não sabia. Mas e agora? Ela não pode ficar assim, sofrendo sem poder voar. Não é melhor a gente sacrificá-la?

– Você não vai matar ela.

– Tudo bem, não precisa ficar bravo.

(O que significaria matar essa borboleta?)

– Não estou bravo.

– Por que não olha para mim? Tem medo?

– Não.

– Vergonha, então? Olha, não precisa se preocupar. Eu já esqueci. Sei que você não estava nos seus melhores dias, meio perturbado pelo que aquele robô charlatão lhe disse. E olha que ele foi escolhido a dedo.

– Escolhido a dedo por quem?

– Por mim, ora.

---

[2] *"Não olhe nos olhos dela, não caia nessa outra vez".*

[3] *"A filha da puta fez isso de propósito. Fodeu com as minhas asas e está tentando confundi-lo. Esse é o trabalho dela, manter você distraído, lembra?"*

– Sei. Sigmund F. foi destruído. Mas é claro que você já sabia.

– Não sei o que está querendo insinuar, mas não fico feliz com a morte de ninguém. Mas também não posso dizer que me importo.

– Por que tanto ódio dele?

– Não tenho ódio de ninguém, eu... Olha só, esquece isso, está bem? Não quero ter essa discussão com você bem aqui.

– O que você sabe que eu não sei?

É a primeira vez que mergulho bem fundo em seus olhos. O que ela vê a faz recuar, nervosa e silenciosa.

Ela tenta me chamar de desequilibrado, mas seguro seu pulso e inexplicavelmente a beijo[4]. Não posso escapar do fato de que a amo, e por mais que amaldiçoe a minha fraqueza, aproveito cada instante do beijo até sentir um gosto salgado de lágrima me tocar a língua. Afasto seu rosto do meu para admirá-lo. Ela está chorando. Não pergunto o porquê. Lá no fundo, acho que já sei a resposta.

– Não posso contar – ela diz.

– Então existe alguma coisa.

Maria Cecília começa a juntar suas coisas, subitamente tomada pela pressa.

– Isso tudo foi um erro. Vá embora, Cosmo, fuja para bem longe.

– O que foi um erro?

– Não posso mais fazer isso com você. Simplesmente não posso.

– Do que está falando?

Ela desiste de arrumar as coisas e as joga de volta no chão, como se percebesse a inutilidade do ato. Vira-se para mim e diz, com um ar tão diferente do qual estava acostumado a vir

---

4 *"Era só o que faltava, esse imbecil pôr tudo a perder."*

dela que eu só podia tomar como um laivo de sinceridade, talvez o primeiro:

– Peço que me perdoe pelas traições, mas não há como explicar. Não há nada dentro dessa caixa, é tudo uma armadilha. Eles estão aqui, Cosmo. Vão machucá-lo. Fuja.

Abro a caixa e me desespero: não há nada dentro dela. Maldita vadia mentirosa. De repente está tudo girando, não sei como agir, o que fazer, para onde ir. Não estou pronto para isso. O tempo todo eu mantinha a esperança de que tudo se consertasse, mas essa esperança se estilhaça e os fragmentos me cegam.

– Então foi tudo mesmo uma mentira?

– Fuja antes que seja tarde demais – é só o que ela diz.

Eu quero correr, eu preciso correr, mas minha pernas parecem sacos de areia molhada, pesadas que estão. Todos do parque agora são figuras que se alongam até muito alto e me espiam espantadas lá de cima. Eu caio sobre a grama. Homens de terno saem aos montes da parte de trás do carro de sorvete, correndo apressados na minha direção. O último deles eu reconheço de imediato, com seu jaleco branco e cabeça completamente calva: o tal Líder. Me pegaram, eu penso, paralisado. A respiração está difícil, uma tonelada de chumbo no meu tórax. Algo quente se agita nas minhas veias. Tinha alguma coisa naquele sanduíche, nos grãos de milho, cada um deles pequenas bombas recheadas de drogas, por isso ela as jogava fora. Logo ela, que adorava milho. Piranha. Falsa. Serpente.

Sapatos perfeitamente engraxados quase tocam meu nariz, ocupando todo meu campo visual. Mãos me erguem e me arrastam, enquanto homens asseguram a multidão de que não há riscos, a situação está sob controle. A Academia dos Metafilósofos está cuidando do assunto.

Eu inventei vocês, queria poder dizer.

Sou conduzido até o furgão como um criminoso. Atrás de

mim, os gritos desesperados de Maria. Partilhamos da mesma sorte. Sou jogado na caçamba do furgão como um objeto, e com ela não é diferente. A mulher que não reconheço mais protesta, implora perdão, se debate. Ao que parece, seus chefes não tem tanta tolerância quanto eu para suas traições.

Os homens se posicionam ao nosso redor. Reconheço os inspetores Oliveira e Carvalho entre eles, mesmo com a visão nebulosa e as máscaras de couro. O Líder é o último a entrar, um sorriso largo no rosto magro, e vem primeiro até mim.

– Pescadores usam iscas, senhor Kant – ele diz. A um sinal seu, os homens fecham a porta e dão a partida. O motor ronca e o carro parte, tocando a musiquinha de sorveteiro ainda por alguns segundos. – Hora de um choque de realidade.

O Líder está agora diante de Maria Cecília, algemada cuidadosamente pelo inspetor Carvalho, as lágrimas sulcando o rosto maquiado. Pede perdão por tentar me ajudar, fora apenas um momento de fraqueza. Teve pena de mim, como se tem de um cachorro. O Líder diz alguma coisa para Oliveira, que tira a pistola do coldre escondido dentro do terno e a engatilha ruidosamente. Maria Cecília está em pânico, na certa sabe o que espera aqueles que caem em desgraça com os Metafilósofos. Todas as vozes se tornaram uma confusão grave aos meus ouvidos. O mundo está tremendo. Tento desesperadamente me mover, mas não posso. Os olhos dela, olhos que evitei, agora me procuram esbugalhados de pavor, implorando por ajuda. Mas não há nada que eu possa fazer por nós.

Carvalho diz alguma coisa para o Líder, como se tentasse dissuadi-lo, mas este lhe dá uma resposta tranquila e definitiva. O inspetor protesta, grita, tenta arrancar a arma das mãos de Oliveira. Quatro homens o imobilizam. Ele continua gritando, em vão.

Oliveira aponta a arma para ela.

O Líder pisa no meu rosto e me obriga a assistir o que vem

a seguir. Fecho os olhos com força, mas outro inspetor enfia os dedos nos meus olhos e abre minhas pálpebras com os dedos. A visão se torna nítida, depois embaça, então se torna nítida outra vez.

Não ouvi o tiro, mas em minha alma ele ganha o som de mil bombas, e o que restava de meu mundo se desfaz naquele momento. A bala penetra acima do olho esquerdo dela e estoura a parte de trás da cabeça, um impacto tão violento que faz seu crânio quicar como uma bola. O sangue respinga nas paredes do furgão, nos ternos perfeitamente alinhados, no jaleco branco do Líder. Uma poça escura começa a se formar debaixo dela e a escorrer lentamente. Pela última vez, mergulho nos olhos de Maria Cecília, mas agora a vida deles se foi e não há mais feitiço para mim.

(trecho do romance do Sr. Cosmo Kant, que mostra um novo encontro entre o Forasteiro e o Inspetor)

Diante do Inspetor de Segunda Classe Carvalho, o espelho do banheiro.

O estampido do tiro se multiplicou por um milhão em sua mente. A cabeça *dela* se abriu feito uma fruta. O sangue havia lavado o chão do carro.

Desde então ele vinha tentando se convencer de que tudo o que acontecera precisava acontecer. Ela não merecia ser contada como uma agente leal. Traiu suas convicções. Traiu as pessoas que jurou proteger. E traiu a ele. Recebeu a paga devida.

A quem estava querendo enganar?

Bastava ver o rio que corria por seu rosto toda vez que se lembrava do jeito dela arrumar os cabelos com as mãos.

Abriu a torneira, deixou a pia pequena transbordar. Depois afundou o rosto e deixou que a água fria lavasse o sal dos seus olhos.

– Você devia fazer algo a respeito – disse alguém.

Carvalho ergueu a cabeça devagar. Viu-o atrás de si pelo espelho.

O Forasteiro.

– Vou fazer. Uma carta de suicídio. Se veio aqui me matar, fará um grande favor.

– Não vim aqui fazer isso, Jovem Werther. Quero ajudar. É o meu trabalho.

– Da última vez que o vi, você estava partindo meu crânio com uma garrafa. Sabia que fui rebaixado por ter deixado você desaparecer naquele dia?

O Forasteiro passou-lhe uma toalha.

– Você queria me prender. Eu não podia ser preso.

Carvalho enxugou o rosto e saiu do banheiro. O Forasteiro o seguiu até a cozinha. Apanhou uma garrafa de vodca na prateleira de cima e encheu uma caneca até a borda. Engoliu tudo de uma vez. A bebida rasgou-lhe a garganta e chegou ao estômago feito uma bola de fogo. Encheu a caneca outra vez.

– Beber não adianta – disse o Forasteiro.

– Nada adianta – respondeu Carvalho. – Esse é o problema.

– Há algo que pode fazer.

– Não vou fazer isso.

– Ele pode trazê-la de volta. Você sabe que sim. É a natureza dele.

O inspetor deu de ombros. Bebeu outro grande gole e completou a caneca.

– Não posso trair os Metafilósofos. Não quero que um monte de gente sofra por mim.

O Forasteiro deu a volta na mesa e o encarou.

– Sabe que a única forma das pessoas continuarem a viver é libertando ele daquele lugar. Antes que encontrem o que estão procurando e destruam o que não pode ser recuperado.

Carvalho tentou levar a vodca mais uma vez até a boca, mas o Forasteiro o impediu.

– Não deve nada a eles – acrescentou. – Só o que fizeram foi levá-la de você. Sabe disso melhor que ninguém.

Como Carvalho nada dissesse, ele continuou:

– Só o que eles querem é continuar comandando a Cidade-Centro. Não se importam com ninguém. Só com controle.

O inspetor bateu a caneca na mesa. A vodca se derramou.

– Nós trouxemos a ordem. E vamos continuar a manter as coisas em *ordem*. Ela morreu porque foi fraca.

– Não. Ela morreu porque os que comandam a Academia não aceitam que esse tipo de ordem não prevalecerá por muito tempo. Lá no fundo, você sabe disso. E está confuso.

Carvalho sabia que não era confusão. Era ódio. Dela. De si. De sua covardia e incapacidade de romper com um grupo ao qual não pertencia mais. Por mais que não quisesse admitir, precisava da mão de alguém para guiá-lo, alguém para dizer que o pensamento que vinha acalentando era perfeitamente justificável. Mais ainda: era a única coisa correta a se fazer para um homem como ele.

– Eu só queria ela de volta.

– Você pode ter. Basta que o liberte e o leve até o Deserto. Ele fará o resto.

Carvalho puxou uma cadeira e sentou.

– Não é algo fácil de fazer.

O Forasteiro retirou um pequeno embrulho de sua capa de chuva e colocou diante do inspetor.

– Você vai pensar em algo – ele disse, antes de desaparecer porta afora.

O inspetor arrebentou o barbante e desfez o embrulho. Não podia dizer que não estava surpreso com o que encontrou: um CD com apenas três palavras rabiscadas com caneta vermelha.

Sua Música Favorita.

Sorriu. Sabia que estava sendo manipulado, mas seguiria em frente. Em primeiro lugar, porque ele realmente conhecia a natureza do homem trancafiado na Torre dos Metafilósofos, tanto pelos perfis psicológicos disponibilizados pela Academia quanto pelas conversas que tivera com *ela*. Em segundo, porque não fazia ideia do escrever num bilhete suicida.

AM013
(primeiro dia, parte da tarde)

O jato de água gelada contra meu peito me traz de volta das estranhas paragens por onde andara vagueando. Entra na minha boca e nariz, me afoga e queima os olhos. Entre tosses e engasgos, busco o ar, tocando as costas nuas contra a cerâmica fria e impecavelmente branca que reveste de maneira uniforme paredes, teto e chão. Protejo o rosto da investida cortante da água. O gosto dela irrita minha língua, um gosto químico levemente ácido, como um desinfetante. Eucalipto?

Dois homens de branco usando máscaras de gás apontam para mim a mangueira de alta pressão, enquanto um terceiro gira uma grande válvula de aço inoxidável. Mando pararem com isso, mas não me respondem. Dizem coisas que o barulho não me deixa entender, fazem sinais que não compreendo.

– Quem são vocês?

Os homens me calam com um jato d´água bem no meio da cara. Eles não se preocupam com gentilezas. Lavam meus ferimentos com indiferença, enquanto o sangue novo que brota me escorre pelas pernas, se mistura à água e vai desaparecendo em espiral pelo ralo. Esfregam-me o corpo inteiro, depois retiram a espuma antisséptica com novos esguichos que me encharcam até os ossos. As partes mais macias e brancas do corpo, como as pontas dos dedos ou as palmas das mãos, estão enrugadas feito as de um velho de cem anos. Quando se dão por satisfeitos, me conduzem até uma parte mais alta do lavatório, onde tapetes de borracha escoam a água. Secam-me com toalhas brancas e me vestem com roupas de tecido forte, também brancas, com camisas de mangas que ultrapassam a extensão dos meus braços, cheias de tiras e fivelas. Uma camisa de força.

– Seja bem-vindo ao Programa de Reabilitação da Academia dos Metafilósofos – um dos homens diz, adiantando-se. Ele faz um sinal. Outro homem entrega-lhe o que parece ser um tipo de pistola de plástico de ponta quadrada. Ele pressiona um botão e verifica um pequeno mostrador de cristal líquido. O aparelho emite um zumbido leve e um fino feixe laser.

– Não se preocupe. Não vai doer nada.

Ele segura meu braço e, na parte interna do pulso, imprime dolorosamente um código de barras encimado pelos caracteres AM013.

– A partir de agora você não tem mais nome. Não é mais Cosmo Kant (que é um nome bastante estúpido). Você é o Interno AM013. E está em casa.

Vigésimo primeiro dia.

No meio da noite, um balde de água gelada na cara.

Tento respirar, tem água queimando meu nariz, braços me segurando, me arrastando porta afora. Os cabelos vão ficando pelo caminho, deu tanto trabalho recolher cada folículo, vão se espalhar outra vez, não deixe eles se espalharem, os pobrezinhos vão ficar para trás quando eu me for, não deixe.

Controle-se, homem. O coração está acelerado feito turbina a jato. Tem de pôr a casa em ordem, tem de pensar com clareza, subir o raciocínio um degrau acima da lama química que eles colocaram para turvar sua cabeça. Mas o coração está tão acelerado, não dá para pensar nada com o acelerador pisado até o talo no meu sistema circulatório. Respire fundo, conte até três, respire fundo, ffff. Um, dois, três, ffff. Não dá, não dá, ffff. As lâmpadas amarelas estão soltando suas luzes em mim com intervalos de quatro segundos.

Jogam-me no chão, na sala mais azul do mundo, onde os pisos contra os quais meu rosto se espreme têm cheiro de ovo cru. Não há nada ali além de um tipo de leito com um sujeito preso por tiras de couro atadas aos braços, às pernas e ao abdome. Fico de pé. Os joelhos protestam e se apoiam um no outro. Circundando o leito, o Líder e os Iguais, perfeitamente simétricos. Outro deles surge de um nicho escondido na parede entre sombras azuladas, trazendo um tipo de capacete cheio de fios e um carrinho sobre o qual se encontra um console repleto de mostradores e ponteiros. Eles ajustam o capacete na cabeça do homem preso ao leito, enquanto ele se debate e grita como se estivesse possuído. O Líder permanece impassível, imóvel feito uma estátua de mármore, o rosto inexpressivo.

Conheço o homem atado ao leito. Está magro, cheio de manchas na pele descorada, com os olhos esbugalhados e cheios de sangue, mas é impossível não reconhecer Bernardo, o cachorro de bosta.

No momento em que balbucio seu nome, o Líder faz um sinal para os Iguais. Um deles coloca uma trouxa de pano na boca de Bernardo, que chora e suplica cada vez mais alto. Não posso fazer nada. E se pudesse? Fico feliz por não ser obrigado a responder isso.

Alguém puxa uma alavanca. Sei lá quantos mil volts entram direto no córtex de Bernardo, espetáculo para todos os sentidos. O cheiro de pele e cabelos queimando, o estalar do leito enquanto ele se convulsiona, cada músculo retesado dançando fora de controle feito um peixe vivo numa frigideira, nada disso me afeta. Uma pessoa está ganindo diante de mim enquanto é eletrocutada, e só no que consigo pensar é em linguiça frita. Cairia bem agora, com cebola, tomate e azeite, melhor que o mingau insosso que me dão nesse lugar.

Os estalos aumentam, a pele de Bernardo começa a adquirir um aspecto escuro e estourar em bolhas gordurosas. A espuma em sua boca parece chantili. A urina que escorre e pinga no chão é como refresco de abacaxi com toques de groselha. A diarreia – bom, a diarreia que forma uma poça verde embaixo dele ainda é nojenta o suficiente para espantar qualquer pensamento a respeito de comida.

A eletricidade é interrompida, mas é Bernardo que parece ter sido desligado. Os espasmos cessam imediatamente. Ele fica inerte como só os mortos conseguem, parecendo uma coisa que ficou muito tempo no forno e virou um pedaço fumegante de carvão. A carga devorou a maior parte de sua carne.

– Espero que tenha entendido o motivo para ter testemunhado isso, AM013 – a voz do Líder é feito faca de serra em corda de violino. – O fato de nosso paciente aí na mesa ser um desafeto seu é ainda mais significativo, não acha?

– Ele não é, era, meu desafeto. Era só um cara que me despediu – respondo. – E é claro que compreendo o motivo de ter me trazido para assistir isso. Quer me assustar. Vá em frente. Não vai conseguir.

O Líder se irrita, os Iguais se irritam um segundo depois.

– Assustar você não é nossa meta, meu caro. Queremos fazê-lo feliz. Venha, quero que veja outra coisa.

A parede da esquerda gira inteira como uma passagem secreta de castelo assombrado, revelando uma cadeira e um periscópio. O Líder o segura com ambas as mãos e põe um olho no visor, enquanto o outro fica bem fechado. Depois de alguns ajustes, ele me convida a observar também. O que vejo, a princípio desfocado, depois bem nítido, é um Deserto vermelho, cortado por uma estrada que mergulha direto dentro do Nada.

– Lembra desse não-lugar? – ele pergunta ao meu ouvido. – A fronteira final. Esperando por nós. Este desastre antinatural permeia todo nosso infinito. Está à nossa volta. Acima do céu, debaixo da terra, atrás de certas portas, dentro de sonhos. Nossa Cidade-Centro é a única ilha de ordem num oceano de incerteza e inexistência, suportando de maneira heroica a pressão do caos em seus tênues limites. Mas as fronteiras não são impermeáveis e estão cada vez mais frágeis. O Nada lança ondas catastróficas nas nossas praias. Não vai demorar muito para a Cidade-Centro ser engolida. Sabe o que vai acontecer conosco? – ele me rodeia feito um réptil. – Vamos ser desconstruídos aos gritos, centrifugados num vórtice de conceitos e sensações. Voltaremos a ser ideias hipotéticas. Memórias perdidas. Não é isso o que quero para mim. Não é o que quero para você. Para nenhum de nós que vive e caminha nesse lugar. Essa é a missão dos Metafilósofos, legada a nós em tempos imemoriais pelo primeiro Líder, aquele que antes de todos se ergueu da estase coletiva e prendeu a Vontade, forçando-a a criar uma clareira de Existência no Nada, onde erguemos nosso precioso mundo. Não podemos permitir sua obliteração.

– Mas o que eu tenho a ver com tudo isso? Só quero meu cabelo de volta e um prato de linguiça acebolada com bastante tomate. E se não for pedir muito, quero um vaso sanitário onde não haja ratos que possam roer meu saco.

Os Iguais se entreolham. O Líder examina minhas pupilas com uma lanterninha, falando coisas sobre um mundo sem dor, onde todos serão felizes e produtivos e os dias, sempre ensolarados, cheirariam à primavera. Mas não ouço mais nada. As palavras se enroscam e se juntam a outras que já estão comigo, produzindo sentenças ininteligíveis. Começo a enxergar em duas camadas.

De alguma forma, sei que estou nadando. Posso sentir a água com gosto de leite. Lá adiante há uma pequena ilha, verde e arredondada. Nado até lá. Sobreposto a esta visão, o Líder está gritando comigo, desferindo tapas no meu rosto. Quer que eu colabore, o tempo está se esgotando. Frio ou quente, o morno se vomita, estática leva a entropia, precisamos expandir a Cidade-Centro ou ela irá se vergar sobre o próprio peso, digerida pelo Nada. O que acontecerá nos próximos dias. Não quero saber, sinta a Sua Música Favorita, deixe que ela o leve, que entre pelos poros, que limpe a mente, *dive-dive-dive-dive-in-me*. Cheiro bom de churrasco.

– Ele está em estado de euforia, senhor – dizem os Iguais. – Alguma coisa está agindo contra os procedimentos químicos que estamos usando para acalmá-lo.

Dive-dive-dive-dive-dive-in-me.

– Coloquem-no na cadeira e monitorem os padrões cerebrais.

Nado, nado, nado através do leite, os meus braços já estão doendo.

– Ele parece estar dormindo e em vigília simultaneamente, senhor.

– Pois então o acordem, precisamos seguir à risca o Cronograma ou estaremos fodidos.

Os Iguais estão surpresos. O Líder está usando linguagem inapropriada, eles cochicham, expressões chulas são indicativos de deterioração por excesso de exposição à individualidade. Doce e diabólica individualidade, ansiada e temida.

– Sem burburinhos – grita o Líder. – Encontrem a razão pela qual AM013 está resistindo aos remédios.

A ilha está cada vez mais próxima, já posso tocar a terra com os pés. A faixa de areia branca é tão estreita que deixa a praia com menos de um metro de largura. Daí começa um gramado que sobe até o alto de uma colina.

– Senhor, dê uma olhada nestas representações gráficas dos padrões cerebrais do paciente. Estão se repetindo numa intrigante sequencia ritmada, quatro por quatro, que está sublimando o efeito do tratamento. Parece música.

– AM013 está eliminando as drogas em seu organismo com música, é isso que está me dizendo?

– Bom. Mais ou menos. Sim. Na verdade, as drogas continuam lá, mas os efeitos estão sendo rebatidos feito bolas de tênis.

Subo a colina, encharcando a grama de leite. Há uma árvore lá em cima, uma única árvore solitária.

– A música está produzindo seus próprios estados alterados de consciência no paciente, senhor. Está sendo direcionada para produzir uma espécie de barreira de lembranças.

– Ele não é capaz nem de resistir às suas próprias neuroses

e vocês estão me dizendo que ele está criando uma barreira de lembranças. Que diabos é isso?

– Queira nos desculpar, senhor. Talvez esse não seja o termo mais adequado, mas o fato é que ele começou a nos resistir com sucesso. Estamos fora de sua cabeça. Ele não tem mais medo de nós, nem da destruição da Cidade-Centro, nem de qualquer coisa. Não temos mais armas para forçá-lo a colaborar.

– Merda.

– (Outra expressão inadequada, tsc-tsc).

A árvore é velha, com a casca rugosa e retorcida. Uma goiabeira que não dá frutos. Há um machado na minha mão, machado que não estava lá antes. Tudo bem, sei o que fazer. Desferir golpes contra o tronco até que a árvore despenque morta.

É o que faço. Golpeio com um machado dormindo, com as mãos nuas acordado.

A árvore desaba.

O Líder é atingido.

Os Iguais gritam assustados quando ele cai para trás e racha a cabeça no periscópio. A árvore/Líder jaz sobre o piso e, curiosamente, sai eletricidade azul da testa dela/dele.

– Interessante – dizem os Iguais. – AM013 matou o Líder sem ter plena consciência disso.

– Ele não devia ter usado tantas palavras de baixo calão.

– Sim. Não foi um bom Líder, no final das contas. Conselho Deliberativo?

– Conselho Deliberativo.

Não há nada que os Iguais possam fazer, agora que o Líder está fora de cena. Apenas me levar de volta para a cela até resolverem seus problemas de sucessão.

Dive-dive-dive-dive-dive-in-me. Não deixe a música parar.

TODOS SÃO IGUAIS, ALGUNS SÃO DIFERENTES

Vigésimo segundo dia.

Esta manhã, enquanto a luz atravessava o bloco de vidro, a música voltou a tocar. Por meia hora, ela me fortaleceu, vinda dos alto-falantes. Depois veio a microfonia estridente, sons de discussão, e a voz dos Iguais assegurando a funcionários e pacientes de que tudo corria na mais perfeita ordem.

Vigésimo terceiro dia.

Vindo dos alto-falantes: "caríssimos funcionários, amados pacientes. É com extrema satisfação (não use a palavra extrema, senhor, denota pedantismo) que o Conselho Deliberativo dos Iguais vem anunciar que a escolha de um novo Líder foi necessária. Por uma apertada votação, cinco votos contra quatro, declaramos eleito para o cargo o Igual #7, com suas proposições sobre o átomo, gozando de todos os privilégios e deveres que a função lhe confere.

Aplausos pré-gravados.

Vigésimo quarto dia.

Sou arrastado à presença do novo Líder, outrora conhecido

como #7. Está ficando repetitivo. O atual é exatamente igual aos (dois, se levarmos em consideração a queda do Arquivo?) anteriores, uma cara de doninha cadavérica espreitando à meia-luz da sala de monitores de vídeo. Dá para ouvir sua respiração pesada. Os Iguais me fazem sentar numa cadeira, servem-me café. Perguntam se estou sendo bem tratado. Minha resposta é um sorriso irônico.

– Mudou sua estratégia, Líder?

Ele faz um sinal para que os Iguais aguardem lá fora.

– Não é questão de estratégia, AM013. Nós finalmente nos demos conta de que precisamos de você urgentemente para salvar cada mulher, velho e criança deste lugar. Tentamos convencê-lo de seu papel aqui, mas o senhor não estava disposto a colaborar. Aparentemente não possui uma gota de sentimento nesse coração seco. Já que não podemos apelar para seu senso de responsabilidade, vamos apelar para seu inescrupuloso interesse.

– Não quero o dinheiro de vocês.

– Não estamos falando de dinheiro, mas disto aqui – ele me mostra uma pasta marrom com meu nome. – Conheça seus segredos. Descubra se existe mesmo uma irmã. Devore cada pedacinho de si próprio.

Tento tirá-la de sua mão, mas ele a enfia depressa numa gaveta.

– O que me impediria de apertar seu pescoço e tomar essa pasta?

– Os Metafilósofos aprendem com seus erros. Sua cabeça está sob a mira de um inspetor armado desde que entrou aqui. Mas não precisamos chegar a extremos, precisamos?

Procuro o inspetor de que ele fala e não vejo nenhum. Pode estar escondido nas sombras ou ser apenas um blefe. Seja como for, não vale a pena arriscar, não com aquela pasta tão perto.

– O que eu precisaria fazer?

O Líder parece satisfeito com o que considera uma demonstração de boa vontade da minha parte e, enchendo outra vez a minha xícara, começa a discorrer sobre a suposta habilidade única que tenho para moldar o Nada em formas agradáveis. Tento reprimir a vontade de rir na cara dele, de falar que se eu pudesse moldar alguma coisa moldaria um pênis maior para mim. Mas me contenho e escuto ele falar de como a expansão da Cidade-Centro salvará vidas, de como seremos os juízes da moral e dos bons costumes na nova ordem etc etc etc. Por fim ele se cala, aguardando-me dizer alguma coisa.

– Se eu salvar a Cidade-Centro, garanto a vida de todos.

– Certo.

– Uma vida perfeita, plena de saúde e felicidade.

– Certo.

– Minha recompensa seria o autoconhecimento.

– Certo.

– Para que tudo isso? Criar um mundo de coisas que não existem, para pessoas que não passam de lampejos. Um mundo dentro da minha cabeça.

A expressão do Líder permanece inalterada, mas um brilho diferente nos seus olhos me dá a sensação de que está considerando tudo muito engraçado.

– Ah, então é isso que o senhor pensa que somos, apenas lampejos? Nós cheiramos. Ouvimos. Enxergamos. E temos consciência de que temos consciência. Isso é o que nos torna mais que lampejos. Além do mais, lamento informá-lo, senhor Kant, mas você é um de nós. É um dos "lampejos". Não se trata da sua cabeça. Nunca se tratou. Não fazer o que encarecidamente lhe pedimos resultaria em seu fim também, já que todos neste mundo (o senhor inclusive) são feitos da mesma substância. Reavalie, portanto, suas posições a respeito de nosso grau de realidade.

Outra vertigem. As coisas se embaralharam.

Algumas imagens começam a piscar, chiados de TV, elevações de ar. Você está indo para longe de si.

– É o seu ponto de vista – ele acrescenta. – Mas não significa que seja o único. É muita arrogância acreditar que não haja nada além de sua própria consciência no mundo.

Realidade é interpretação. Minhas pernas, como se de pano, arrastadas com o resto de mim através dos ladrilhos pelos Iguais. Eles gritaram: estamos sendo bons com você, podemos usar ferramentas para furar seu crânio e arrancar fora o que a gente precisa, chega de esposas dos sonhos (não há esposas dos sonhos), chega de pastas *K*, chega de sermos tolerantes demais, chega de pacifismo e condescendência, vai ser guerra. Gargalhadas histéricas. (Preciso pensar). *Vá e pense, você tem uma hora.* Rangido metálico, ferrolho me isolando outra vez. Estou de novo na cela. Algo chapinhando na água. O rato põe sua cabecinha deformada para fora do vaso. Desta vez sou rápido – zut! – e seu pescocinho jaz entre meus dedos. Ele guincha de medo, crava os dentes na minha mão, o sangue escorre, mas ainda assim o mantenho preso. Neste mundo, onde não sei o meu lugar ou o mundo não sabe o dele, o que significa um rato? Lá das alturas infinitas, quem vale mais? Quem pode explicar de que forma eu me encaixo na história desse rato? Quem pode *me* explicar?

Uma hora escorreu feito sorvete.

Quando ouvi os passos se aproximando pelos corredores, fiquei de pé diante da porta de ferro, empertigado, aguardando meu destino. Eu ia me recusar, resistir, gritar na cara deles: danem-se, não vou ajudar vocês, me matem, me prendam, abram minha cabeça com coisas pontiagudas, eletrocutem todo mundo que não estou nem aí.

Mas eles vieram com remédios ainda mais fortes escondidos numa bela porção de linguiça de frango frita em azeite extravirgem, cebolas douradas, salada de alface e agrião e uma fatia de melancia.

Há quanto tempo não via comida? Comida de verdade?

Comi, mesmo sabendo que não existe almoço grátis.

Meu corpo ficou mole.

Quando comecei a cantarolar Minha Música Favorita, atrapalhei-me com a letra e a melodia, a boca feito borracha derretida. Os Iguais riram, colocaram-me numa cadeira de rodas e me empurraram até o Líder, que fazia os ajustes finais numa grande máquina suspensa sobre uma poltrona médica de couro cheia de broches. Da máquina se projetava uma enorme broca de aço cirúrgico, que descia ou subia de acordo com os movimentos de uma alavanca. Se não fosse a bancada cheia de instrumentos afiados e brilhantes, eu pensaria estar diante de uma estação de prospecção de petróleo em miniatura, e não de um equipamento médico.

O Líder quer saber se já tenho uma resposta:

– Vai nos ajudar ou prefere – nessa hora ele acaricia sugestivamente a ponta da broca – a alternativa mais, digamos, invasiva?

A música, pense na música.

Os Iguais ligam a máquina. Polias, rodas dentadas e pistões protestam. A broca começa a girar devagar. O barulho, semelhante a um trator velho, faz a música fugir de mim.

O Líder tem uma lata de biscoitos na mão, lata de alumínio com uma paisagem tosca pintada a óleo.

– Vai ajudar?

– Ainda não sei.

A sala parece feita de água, agitada pelo vento ou por uma pedra. Minha boca tem gosto de plástico. Que porcaria me deram agora?

– Está sentindo a música escapar pelos poros, AM013? Preparamos uma coisinha contra esse truque. Uma contramágica.

– Não vou ajudar porra nenhuma.

Os Iguais me amarram na poltrona enquanto me debato. Tem lâmpadas piscando, coisas apitando, o vento da broca me lambendo o topo da cabeça, o calafrio de medo que desce pela espinha, onde o cadáver do Verme de Mel se decompõe lentamente. Uma coleira de aço imobiliza meu pescoço. Eletrodos são colocados para monitorar meu sistema cardíaco, nervoso, ondas *sharp*. Injeções são aplicadas. O Líder tira a tampa da lata e me mostra um líquido prateado, que se agita como se estivesse vivo.

– Sabe o que é isso?

– Não.

– Nanorobôs. Vamos derramar isso através de um funil pelo furo que abriremos na sua cabeça. O cérebro vai ser desmontado neurônio a neurônio, dissecado e analisado nos menores detalhes. Toda informação vai ser mandada para os nossos sistemas. Vamos remapear tudo e descobrir a melhor forma de acessar o seu, digamos assim, princípio ativo.

– Vai doer?

– Vai. Vai, sim. Um bocadinho só, nada que não esteja familiarizado.

A broca afunda no meu crânio, espirrando lascas de osso para todo lado. Não sinto dor. Ela está lá, claro, aguda e pungente, mas eu a isolo pensando no gosto da camada áspera e amarela que reveste minha língua, um inferno azedo nas papilas gustativas. Além do mais, o que é realmente angustiante é o ruído do motor. Como o de um dentista. Como o de um dentista muito grande.

Os Iguais trabalham duro, como se no lugar de um cérebro mole feito gelatina estivessem tentando furar um diamante imenso. A broca resvala numa superfície lisa. A máquina sofre um tranco.

– Tocamos em alguma coisa, Líder – alertam os Iguais. – Parece metálica.

– Metálica?

– Sim. O que faremos, senhor? Não era isso que o Cronograma previa.

– Tire de lá.

– E se o paciente morrer?

– Não vai.

Meus olhos já estão vítreos e estou babando um bocado, o que é perfeitamente compreensível tendo em vista o pedaço de ferro revolvendo-me os miolos. E os Iguais, ah, os Iguais parecem não se entender muito bem.

– Se ele morrer, Líder, tudo estará perdido – diz um.

– E a culpa será sua – diz outro.

– Mas o que está acontecendo aqui? Estão ousando questionar o Líder em exercício?

– Não – dizem uns.

– Sim – dizem outros.

– Isso é inadmissível – protestam os partidários da hierarquia. Antes que se perceba, dois grupos estão formados dentro daquela sala escura: quatro Iguais realizando suas funções insatisfeitos de um lado; o Líder e seus cinco aliados do outro, atentos a todos os movimentos. Um deles põe uma luva descartável e enfia o braço até o ombro no meu crânio. Retira algo de lá e mostra aos outros: é uma esfera, feito um daqueles globos cheios de neve falsa.

– O que é isso?

O Líder toma os objetos das mãos dos Iguais e o traz à altura dos olhos, estudando-o por longos minutos. Os quatro Iguais começam a bufar impacientes.

– Não sei o que é – ele sussurra, fascinado como se olhasse para a profundeza da galáxia. Os Iguais param o que estão fazendo e ficam à sua volta, tentando encontrar no globo razão para tamanha estupefação.

– É a Vontade? – um deles pergunta, tremendo de excitação. – Diga que é a Vontade.

– Não, é a Individualidade Pura e Verdadeira – dizem os outros, os insatisfeitos, enxergando uma oportunidade de escapar da coletividade. Ao ouvi-los falando, o Líder e seus fiéis se retraem, suspeitosos. Dá para sentir no ar o germe da dissensão.

Enquanto os dois grupos iniciam uma discussão sobre a necessidade de rompimento ou não com o coletivismo para o bom funcionamento do Cronograma, o Líder pondera se deve estilhaçar a esfera. Caso se trate mesmo da Individualidade Pura e Verdadeira, é uma grande ameaça: o que seria dos Metafilósofos se fossem compostos por um somatório de funcionários cheios de ideias e objetivos próprios? A força está na união, os feixes juntos são inquebráveis. Se for o princípio de individualidade, deve ser destruído. Mas Iguais o desejam tanto que fazer isso pode significar um racha no grupo. Pense, novo Líder, enquanto seu castelo de cartas ameaça desabar.

Se for a Vontade, causar qualquer dano é algo impensável. A Cidade-Centro é como uma cabana construída na praia: cedo ou tarde a maré vai arrastar tudo para o mar, então é melhor construir pilastras fortes antes da cheia. Quebrar a esfera pode destruir qualquer chance de expandir Cidade-Centro para além de si mesma. E existiria alguma diferença entre a Individualidade Pura e Verdadeira e a Vontade? Pondere, Líder, e enquanto isso eu viajo pelo que considero a primeira lembrança verdadeira que tive.

Caminho por uma trilha de terra molhada pela chuva que caíra uma hora antes, em meio a amendoeiras e ao capim-limão. Tudo está escorregadio. Sou tão pequeno que preciso dar a mão ao meu pai para não ralar os joelhos no chão.

Meu pai.

Olhando daqui ele parece ter trinta andares de altura e ser feito de ferro. Não consigo ver seu rosto, por mais que me esforce. Uma névoa tira sua cabeça de foco, como aquelas coisas que fazem na TV para ninguém identificar o sujeito. Ele me diz coisas amáveis, mas rudes, como só os pais fazem, palavras comuns, às vezes um alerta ou um xingamento, embrulhados num tom de ternura que me faz perceber que existe afeto ali, por mais que o estranho código paterno o obrigue a disfarçá-lo. E, vez ou outra, há um afago.

Subimos pela trilha até chegarmos às margens de uma lagoa de águas turvas e assustadoras. Nuvens de mosquitos voam pela linha d'água. Meu pai tira a camisa, os sapatos, a calça, e se aproxima da margem.

Eu não. Continuo parado à distância, morrendo de medo das profundezas abissais daquelas águas. Meu pai molha os pés, diz que a água está quentinha por causa da chuva, me convida para nadar com ele.

– Não.

– Vou segurar você.

– Não.

– Não tem perigo.

– Não, não e não.

– Tudo bem, então. Espera aí na beira.

Ele mergulha. Nada como um peixe, o desgraçado, e me deixa mordendo um bloco de inveja por não saber nadar e um bocado de raiva por ser tão estupidamente medroso.

Fico de cócoras sobre uma porção de terra que se projeta para a lagoa, brincando com um galho. A terra cede. Afundo na água cor de caldo de cana. Lentamente, muito lentamente, sou arrastado ao fundo, enquanto bolhas de ar deixam meus pulmões e vão embora. A luz do dia começa a parecer um sonho distante. Não tenho medo da morte, porque ainda não compreendo a ideia de nunca mais existir.

Meu pai corta as águas, veloz como um torpedo, tal qual um Aquaman, e me resgata do leito cheio de turfa que me aguarda faminto.

Está frio. Estou encharcado. Mas estou bem, estou com meu pai. Agora posso ver seu rosto: redondo, barbado, os olhos úmidos. Nos ombros, uma tatuagem: *Fortaleza*.

O Líder aperta a esfera contra o peito e recua alguns passos. Aposto que pensa: que estranhas capacidades possui esse objeto maldito, que parece irradiar algum tipo de força maléfica capaz de desestabilizar até mesmo a pura e perfeita sincronia dos Metafilósofos? Lá estão eles, mal disfarçando os rancores provocados pelas opiniões divergentes. Dividindo-se em dois grupos cujos dentes rangem, apenas esperando o motivo certo para darem início às agressões. Se isso acontecer, será a cisão do único facho de luz num mundo tomado por trevas.

Os tolos exigem o objeto para testar sua verdadeira natureza. Antes eram colaboradores leais. Agora fazem exigências. Em seu tempo de Igual #7, as coisas não eram assim. A ordem de um Líder era a ordem de Deus. Inquestionável, infalível, inadiável. Agora babam ameaças, mencionam o Protocolo 27 – Direito à Rebelião – e toda sorte de direitos teóricos nunca antes utilizados.

Os que permanecem leais ao Líder formam uma barreira para protegê-lo.

– Vocês estão se exaltando, e isso é inadmissível – dizem.

– Só queremos a esfera, saber o que ela faz, se pode nos conceder individualidade. Não podemos desperdiçar essa oportunidade.

– Individualidade não traz Felicidade – berra o Líder. – Quanto mais se tem dela, mais se precisa para mantê-la, até que a bolha estoure. Todos sabemos disso, todos sabemos o fardo que um Líder carrega pela fagulha mínima que necessita para guiar os Metafilósofos. Individualidade é um câncer que começou a desfazer minha sanidade no instante em que assumi minha nova função. Um sacrifício terrível, ao qual me submeto de bom grado pelo bem coletivo, mesmo que isso signifique jamais ver o mundo novo pelo qual estamos lutando.

É um belo discurso, mas de nada adianta. Há uma rachadura profunda na ideologia daqueles homens que está longe de qualquer chance de conserto. Um deles pega um bisturi e o brande como um punhal. Só então o Líder percebe que eles não são mais do mesmo feitio. Vestem as mesmas roupas, tem o mesmo corte de cabelo, mas há uma quase imperceptível transfiguração no modo como suas pupilas brilham.

Não são mais Iguais. São Diferentes. Traidores do Cronograma. Perigosíssimos, precisam ser neutralizados imediatamente pelo bem da ordem.

– Alerte os inspetores – o Líder avisa por entre os dentes.

Um dos Iguais procura soar o alarme. Antes que possa fazê-lo, um Diferente enterra o bisturi em sua mão, prendendo-a na parede. Ele grita. No lugar de sangue, do ferimento jorram fagulhas elétricas.

Os Diferentes tentam arrancar o globo das mãos do Líder. Os Iguais resistem com socos, chutes, golpes de utensílios médicos. Coisas começam a se quebrar. A sala é tomada por uma batalha feroz. Os ruídos produzidos – gritos de dor, ordens, impropérios – parecem produzidos por cães hidrófobos, não por pessoas. E eu, desperto e desacordado, no meio de tudo isso, preso a uma cadeira, com um rombo imenso na cabeça que não me mata.

O Líder se encolhe de medo. Seus Iguais pouco a pouco vão cedendo terreno. Um a um, tombam feridos de morte, estocada no coração, vértebras fraturadas, garganta esmagada. Mas ele sabe de quem é a culpa. AM013, a culpa é dele. Portanto, minha. Eu sou AM013. Eu sou Cosmo Kant. É em minha direção que ele se esgueira, aproveitando-se da confusão. Sabe que vai morrer, o sonho acabou, o terceiro Líder a morrer por minha causa. Os inspetores não vão chegar a tempo. Sim, porque morrer é inevitável. É para morrer que a gente nasce. Ah, mas a sorte lhe sorri ao menos uma vez, já que planejamento e estratégia se mostraram uma completa perda de tempo: um Diferente cai morto, e sua arma jaz ali perto. Uma serra, perfeita para separar minha cabeça do corpo, com movimentos lentos para a agonia durar bastante. Isso é um sorriso, Líder?

O último dos Iguais acaba de morrer, sufocado até a língua roxa saltar para fora e os olhos esbugalharem. O que parece ser o Líder dos Diferentes observa o cenário de destruição, os corpos de companheiros e ex-companheiros. Da outrora orgulhosa classe dirigente da Academia dos Metafilósofos, os Iguais, resta apenas três espectros, feridos e confusos, metamorfoseados em Diferentes. Entreolham-se, depois se voltam para o Líder.

Pisam em seu tornozelo. Ele contrai os lábios, mas não grita. Puxam seus braços para trás, chutam sua cabeça, e ainda assim ele não grita. Mas quando ameaçam tomar a esfera de sua mão, ele não se contém: levanta-se com a força de um urso e parte a mandíbula de um dos Diferentes. Os outros dois avançam contra ele, mas o abrir repentino da porta os surpreende.

Parado sob o pórtico, terno desalinhado, magro e elegantemente deselegante, o inspetor Carvalho. Empunha uma arma grande como mocinho de filme. Antes de qualquer um de nós cogitar qual seria seu papel nessa confusão toda, ele pressiona o gatilho e uma saraivada de balas estoura o peito do Líder. Com uma expressão patética de incredulidade, ele cai de joelhos, depois de lado, e morre.

Simples assim. Sem profundos olhares de quem fita a morte, sem agonias shakespearianas. Morre, apenas. A esfera, densa qual vidro, desprende-se de seus dedos e rola pelo ladrilho até tocar a ponta quadrada do sapato de Carvalho. Ele a apanha, depois ergue a arma e obriga os trêmulos Diferentes a recolocar o objeto dentro do meu crânio. A operação leva apenas alguns minutos: o procedimento consiste em deixar a bola cair no espaço infinito intracraniano e costurar.

De todas as sensações que tive nesta sala, esta sem dúvida é a pior. A esfera escorrega para dentro da cabeça. É como se eu engolisse meu espírito, sabor menta com água gelada. Volto a enxergar com clareza, o tato retorna, a sala volta a feder a eucalipto.

Os Diferentes terminam de costurar o último ponto e se voltam, com indignada subserviência, para o inspetor.

– Encostem-se àquela parede ali – Carvalho ordena. Eles obedecem. Carvalho mira um a um, vai e volta, adorando ver as caras de pavor. Quando se cansa de bancar o gato brincando com a comida, abate os Diferentes com uma rajada seca que desenha uma reta quase perfeita na parede. Os corpos caem inertes sobre o piso. Uma tênue fumaça de pólvora paira sobre eles por um momento, como almas aturdidas pela morte súbita.

Indiferente à chacina que acabara de executar, o inspetor arranca as tiras de couro que me prendem os pulsos e os pés. A que prende minha barriga eu mesmo arranco. Quando penso em agradecer, ele encosta o cano do fuzil no meu peito:

– Você vem comigo. E vai fazer exatamente o que eu mandar.

Carvalho repousa o fuzil ainda quente sobre a bandeja de instrumentos médicos. Sem me deixar escapar de sua vista, arranca a máscara de couro, o terno quadriculado, a gravata borboleta, a camisa e a calça, revelando por baixo das peças de inspetor um macacão laranja de faxineiro. Tira um boné velho do bolso, enterra-o na cabeça e está pronto o disfarce: Carvalho torna-se indistinguível dos funcionários da limpeza, dementes lobotomizados, com crachá e tudo.

De cima da mesa, a arma parece me chamar, lustrosa, lubrificada, perigosa. Poderia tentar pegá-la, abrir caminho para fora daqui à bala. Mas não faço ideia de como se usa essa coisa, sou lento demais e estou muito longe.

Carvalho vai até a porta e verifica os corredores.

– Temos pouco tempo antes desse lugar ferver de inspetores. O alarme silencioso foi acionado. Já devem estar nos elevadores – ele diz, voltando e apanhando a arma. O cadáver do Líder jaz ali perto. – Vamos sair daqui.

Seguimos pelo corredor no sentido oposto ao dos elevadores. Carvalho me mantém o tempo todo sob sua mira. Ameaça meter uma bala em minha espinha caso eu tente alguma gracinha. Não sei o que está acontecendo, então faço o que ele manda. Com os Metafilósofos se estilhaçando por dentro, fica difícil saber o quanto minha vida vale agora.

Chegamos a uma sala escura.

– Entra aí.

Dentro da sala há um carrinho grande cheio de roupa suja. Ele me obriga a entrar ali, depois me cobre com uma pilha de lençóis até que eu desapareça debaixo deles. Esconde a arma num dos lençóis acima de mim e sai da sala empurrando o carrinho, na direção do elevador de serviço, cantarolando tranquilamente como um dos faxineiros retardados.

Quatro metros à esquerda, outro elevador se abre e vomita sobre o corredor um batalhão de inspetores especiais, homens de capacetes, óculos infravermelhos, máscaras de gás, coletes, coturnos, luvas e rifles de assalto. Em formação, eles avançam para a sala de terapia, não se importam com o faxineiro demente que entra no elevador de serviço carregando seu carrinho de roupa suja.

Entre os lençóis embolorados, dá para sentir o fuzil pesando acima de mim; no momento, porém, só consigo pensar na sonolência que devagar vai tentando me dominar, embalando-me numa pequena maré de sensação e imagem.

O elevador começa a descer.

Um estrondo poderoso vem dos andares superiores.

– Bum – diz Carvalho, quase para si mesmo. – Quase lá.

Quase lá onde?

Subsolo.

O carrinho volta a se mover, as rodas secas rangem alto no silêncio e na penumbra. Carvalho avisa que posso sair. Sigo com ele até um furgão de lavanderia industrial estacionado num portão de grades.

– O que quer de mim?

– Entre no carro – ele responde. Destranca a porta com uma chave estranha. Sento-me no banco do carona, enquanto ele dá a volta e assume a direção. Antes de dar a partida, abre o porta-luvas e tira de lá um par de algemas.

– Precaução – ele diz, ao prender minhas mãos atrás das

costas. – Se fizer alguma besteira, não vou hesitar em arrancar um pedaço do seu crânio com um tiro. Não vai dar mais para costurar. Entendeu?

Balanço a cabeça.

– Entendeu?

– Entendi.

– Muito bom. Vamos embora daqui.

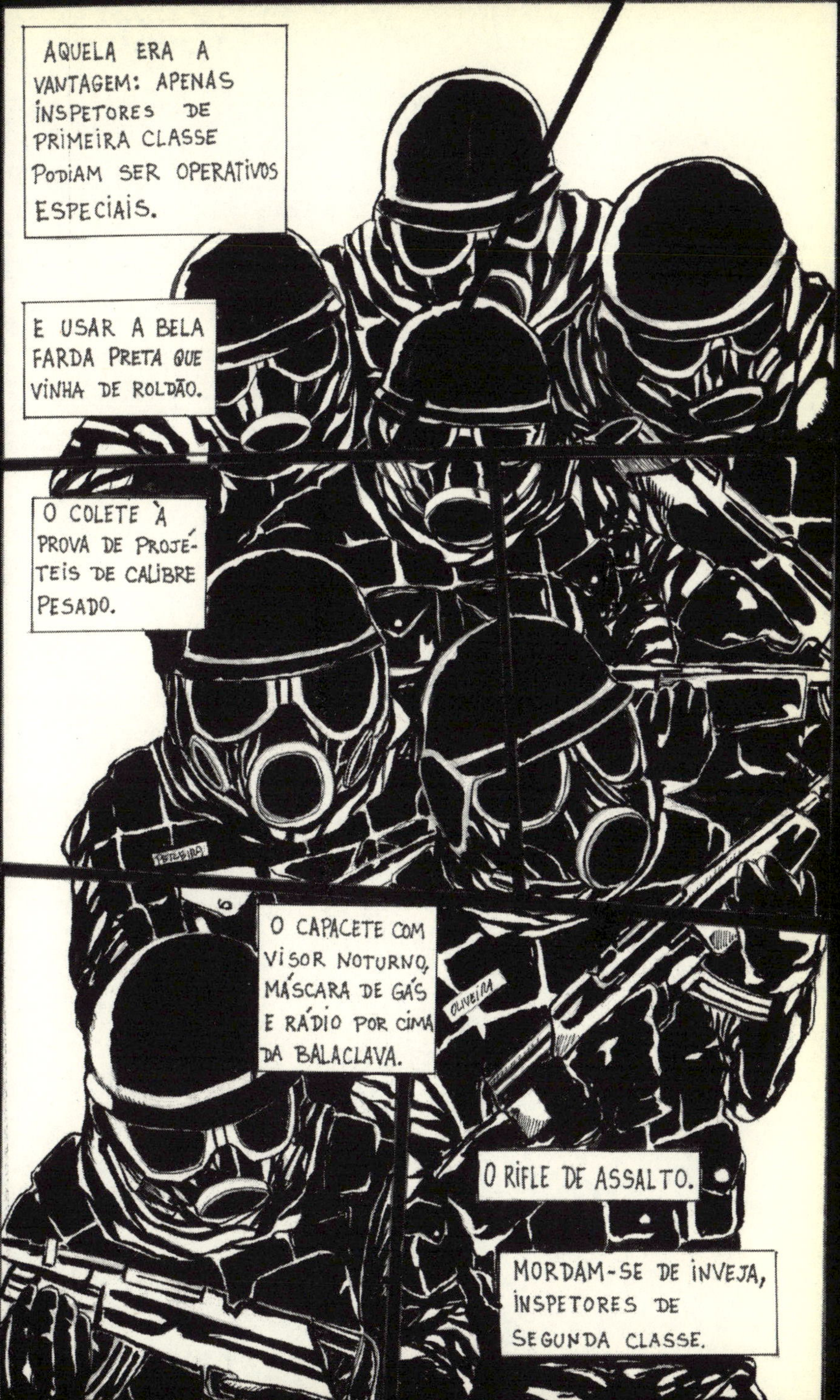
AQUELA ERA A VANTAGEM: APENAS INSPETORES DE PRIMEIRA CLASSE PODIAM SER OPERATIVOS ESPECIAIS.
E USAR A BELA FARDA PRETA QUE VINHA DE ROLDÃO.
O COLETE À PROVA DE PROJÉTEIS DE CALIBRE PESADO.
O CAPACETE COM VISOR NOTURNO, MÁSCARA DE GÁS E RÁDIO POR CIMA DA BALACLAVA.
O RIFLE DE ASSALTO.
MORDAM-SE DE INVEJA, INSPETORES DE SEGUNDA CLASSE.

PARA ADOÇAR MAIS O MOMENTO, OS OPERATIVOS IAM À CAÇA DE CARVALHO. FOI COM INEGÁVEL PRAZER QUE OLIVEIRA VIU A OUTRORA BRILHANTE CARREIRA DO INSPETOR IMPLODIR VERGONHOSAMENTE. PRIMEIRO, O REBAIXAMENTO.
DEPOIS, O SURTO PSICÓTICO — NÃO CONSEGUIA VER OUTRA EXPLICAÇÃO ALÉM DESSA.
EM SEGUIDA, A INVASÃO AO DEPÓSITO DE EQUIPAMENTOS, O ROUBO DE UM AKM, O TIRO NO PEITO DE UM INSPETOR. UMA ASCENSÃO METEÓRICA, SEGUIDA DE UMA QUEDA CATACLÍSMICA.
LEMBREM-SE: CARVALHO É PERIGOSO. ESTÁ DE POSSE DE UM FUZIL PESADO, E PODE TER REFÉNS. NÃO SE PRECIPITEM, POR FAVOR.
NINGUÉM VÊ — OU SE IMPORTA — COM O FAXINEIRO E SEU CARRINHO DE ROUPA SUJA, QUE ENTRA NO ELEVADOR DE SERVIÇO.

BLAM
A SALA TINHA O FEDOR DA MORTE.
O LÍDER ESTAVA MORTO. TODOS OS IGUAIS ESTAVAM MORTOS. NÃO HAVIA SINAL DE CARVALHO.
OU DE AM013.
MAS HAVIA UM PROBLEMA MAIOR, E O SORRISO LOGO DESAPARECEU.

Carvalho conduz o furgão pela Estrada Alta por quinze minutos. A Cidade-Centro vai ficando para trás, evanescente. Ele não diz uma palavra durante todo o tempo, nem mesmo quando insisto para afrouxar as algemas.

– Não há necessidade delas, não vou tentar nada – explico, mas ele não abre a boca. Apenas repete os gestos mecânicos na alavanca de câmbio, olha o retrovisor e consulta o relógio.

Estar sob o poder de um homem estranho feito ele não é melhor que ficar com o Líder e seu bando. Algo nos seus movimentos soa urgente, como alguém correndo para a morte. E tem as algemas, que quanto mais puxo mais me cortam os pulsos.

Próximo a Saída 17, ele reduz a velocidade.

– Onde estamos indo? – pergunto, não pela primeira vez.

– Para o Deserto – ele responde secamente. – Você vai fazer uma coisa para mim.

– Que tipo de coisa?

Carvalho me olha de soslaio e mergulha outra vez no silêncio.

Este Deserto não deveria existir.

É criação minha, o capítulo de um romance (que não é uma história de amor) nem mesmo esboçado ainda.

Mas aqui estou eu.

Seguimos por um declive que, embora pouco íngreme, é bem longo. O furgão ficou na estrada lá em cima, e agora reflete os raios avermelhados do sol. Algemado, caminho na frente. Carvalho, protegido pelo boné e pelo raiban, vem logo atrás. Carregando a arma para o caso de eu tentar fugir ou seus ex-companheiros nos localizarem.

Fugir? Como?

Foda-se. Estou cansado disso.

Eu paro. Se ele quiser atirar, que atire logo. Quem me garante que não vai fazer isso depois?

– Continue andando – ele manda.

– Daqui não passo. E você vá pro diabo, se quiser.

Ele aponta a arma para a minha cara:

– Eu te mato.

– Mata, então.

– Não estou brincando.

Carvalho continua apontando. Mantenho-me firme.

Ao ver que não vou recuar, ele baixa a mira e me acerta uma coronhada na boca.

– Filho da puta desgraçado – ele berra, e me chuta as pernas. Eu caio, ele me levanta.

– A gente não precisa de armas. Nem de gritos. Ou algemas. Apenas diga o que posso fazer para ajudá-lo e eu faço.

Lívido, Carvalho tenta dizer alguma coisa, mas desiste e dá de ombros. Fixa a distância por um longo tempo.

– A Inspetora de Primeira Classe M. Cecília – finalmente diz, em tom de confissão. – Eu a quero de volta.

Diante de mim há agora uma coisa digna de pena. Tenho vontade de machucá-lo, fazê-lo gritar, tão patético ele me soa. E tão parecido comigo.

– E por que deixou que a matassem daquele jeito?

Carvalho me olha, tenta se explicar, engole em seco.

– É o que eu me pergunto desde então – há uma dor genuína em sua voz que ele tenta disfarçar. – Senso do dever, eu acho. Ela trabalhava para a Academia, fez besteira e acabou morta. Eu me dizia isso o tempo todo. Tentei me convencer. Aceitar. Mas desde então escuto a voz dela em todos os lugares.

Agora sou eu quem engole em seco. Não são coisas fáceis de ouvir. Era minha mulher, afinal.

– Poupe-me. Você não está se aguentando de culpa. Isso

acontece com os traidores. É um traidor. Traiu a mim. Traiu a ela. Traiu seus amigos idiotas e seus superiores idiotas.

– Não.

– Traiu a si próprio. Essa é sua função nessa história toda. Trair todo mundo. Agir como um Judas.

Ele volta a me apontar a arma.

– Não preciso de ninguém me colocando o dedo na cara. Vai fazer o que eu mandar – ele suspira como se não tivesse certeza do que está falando. – Vai trazê-la de volta.

– Você acha que posso ressuscitar os mortos?

A roupa suada gruda no corpo e cozinha a pele. O tipo de calçado de pano que faz parte do uniforme dos internos quase não protege meus pés. Imagino-os já em carne viva, o que parece multiplicar a dor de pisar nas areias quentes. A solução é pensar em novos modelos para o universo.

– Ela não está morta, AM013. Mais que ninguém, você sabe que ela apenas voltou ao estado natural de todos nós. Agora é uma ideia selvagem vagando pelo Nada.

– Sei.

Ouvir Carvalho falando de Maria Cecília é uma experiência estranha. A gravidade de sua voz quando ele a menciona é como se fosse uma comparação de sentimentos. De alguma forma, o que sinto por ela está morrendo com sua lembrança. Quase chego a sentir pena dele por cair na armadilha profunda que é amá-la. Um homem desesperado, o que ele é. Um homem desesperado com um AKM. Se foi capaz de se rebelar contra a coletividade que eram os Iguais, se pôde se libertar de um laço poderoso como a própria ideologia em prol de Maria Cecília, nada o impedirá de descarregar a arma em mim.

– Não sou Deus, inspetor, ao contrário do que pensavam seus patrões. Você também não acredita nisso, ou não teria fuzilado todos eles.

– Não se engane, AM013. Sou plenamente convicto dos

meus ideais. Estávamos inteiramente certos ao seu respeito, e a maior prova da minha fé foi arrancar você das mãos dos meus superiores e trazê-lo aqui para me devolver a inspetora. Jamais faria isso, se não acreditasse. Foi uma questão de optar entre meu dever e a mulher que amo. Fiz minha escolha. Agora estamos aqui.

Chegamos ao alto de uma duna. Lá de cima, é possível ver uma construção de madeira se erguendo solitária na poeira. Parece um banheiro de estrada, abandonado há tanto tempo que apenas as teias de aranha e os cupins parecem sustentá-lo. Descemos em sua direção. O banheiro projeta uma sombra ondulante como a da água, sombra fria, que neutraliza o calor dentro de seu espaço; ao penetrá-la, só o que fica é um frescor úmido. O inspetor Carvalho mal consegue segurar uma exclamação, ainda que discreta, de alívio. As dobradiças corridas rangem quando ele abre a porta.

No lado de lá, o Vazio.

É como olhar para dentro do Mar Vermelho aberto. O inspetor não esconde a admiração diante do fenômeno. Ele tira os óculos escuros, parece não acreditar nos próprios olhos. Mas logo aquele laivo de admiração desaparece e o velho Inspetor Carvalho, resoluto e robótico, retorna.

– Temos trabalho a fazer – ele diz. – Diante de nós está algo que por muito tempo intrigou os Metafilósofos. Os Iguais estudaram com afinco sua natureza e composição. Tínhamos brilhantes metafísicos estudando suas variações diárias. Através de especulações filosóficas e cálculos matemáticos, chegamos à conclusão de que o Nada é um grande repositório de potencial. Mil possibilidades esperando serem moldadas, ou vai nos engolir. Mas nunca conseguimos entendê-la como o primeiro Líder. A Academia enviou duas expedições. Nenhuma voltou. Acredito que estão vagando perdidos aí dentro até hoje. Ou então se tornaram eles próprios ideias selvagens. Os Iguais nunca mais pensaram em sacrificar ninguém nessa coisa. Enfim. A inspetora, sua alma, seu espírito, sua essência, sua ideia, como você preferir, está aí em algum lugar. Você vai achá-la e trazê-la para mim. Daí estará livre.

– Não sei como posso fazer uma coisa dessas.

– Vamos entrar. Você na frente.

Faço o que ele diz.

Penetrar no Nada é como mergulhar numa piscina feita de sonho. Há um borbulhar surdo, bolhas estourando, espuma de maré. Então estamos em outro lugar: o mesmo Deserto, mas ao mesmo tempo não, onde todas as coisas parecem receber uma camada escura de sombras, transformando suas cores em anticores. Lá no alto dá para ver o sol brilhando acima da película que separa aqui dentro do mundo lá fora, mas agora ele não passa de uma bolha de luz cada vez mais esmaecida, nem de longe lembra o astro esplendoroso e fulgurante cujos raios estalavam nossas costas. Lentamente, o mundo se torna um fantasma de si mesmo até que só reste uma brancura colossal que se parece com pessoas e carros e números e vulcões e animais e tudo e nada.

Um frio terrível, como se estivéssemos abandonados aos desmandos de um vento polar. Mas não há vento, e o único movimento é produzido pelo voo do amontoado de ideias selvagens que formam a existência/inexistência, como as gotas de água formam um lago.

Deslumbrados pela beleza assustadora, seguimos cada vez mais para dentro. O inspetor me dá dois tapinhas no ombro e pergunta qual é o próximo passo. Eu não sei, mas não digo nada. A única coisa que me ocorre é a de me dirigir às ideias e chamá-las pelo nome, como eu fiz com a porta: não diziam os egípcios que o fato de nomear algo lhe confere existência?

É o que faço. Ergo meus braços e grito ao acaso.

– Maria Cecília.

Um pedaço agitado de Nada detém seu movimento. Curvas, rosto, corpo, uma forma feminina se constrói e paira diante de mim, translúcida e de beleza quase divina. Seus cabelos e roupas ondulam como se estivessem embaixo d'água.

Estou esculpindo isso.

Você veio me buscar.

Sua voz é suave e sobrenatural.

Sentimentos contraditórios tentam me controlar. Eu sei que isso não é real. Feche os olhos e deixe que passe.

Você veio me buscar, ela repete.

A tentação de me atirar em seus braços vai se transformando em medo.

Ela desliza dedos etéreos pelo meu rosto, deixando uma camada fina de gelo.

Você veio me buscar.

Olho diretamente nos seus olhos brancos.

– Não vim buscá-la. *Ele* veio.

Ela flutua para trás e vira o rosto para onde aponto.

Carvalho deixa cair no chão o fuzil. Está tremendo. Não de medo.

Ela o circunda.

Para bem à sua frente. Aproxima a boca de seu rosto.

Você veio me buscar.

– Sim. Vim buscar você.

O inspetor a toma nos braços e a beija. A mulher agora é formada por inúmeras mãos. Elas o envolvem pelo pescoço, ombros, braços, pernas, centenas de dedos se infiltrando na pele feito lâminas. Carvalho continua preso ao beijo terrível, lentamente envolvido pela nuvem de ideias – vidro, futebol, cinema, roupa de baixo, unicórnio, Led Zeppelin, uma chiadeira de televisão mal sintonizada. Ele se agarra à última sensação boa antes de suas células de gordura começarem a estourar feito bolhas de refrigerante. O grito também é decomposto e absorvido. Nada mais resta.

Estou só.

Como sair daqui?

Por onde vim não há Nada além de um trilhão de quilômetros de coisa alguma.

Desejo uma porta.

Surge uma.

Pequena, estreita e um metro acima dos meus pés.

Abro-a.

Há alguém do outro lado.

– Ei – chamo. – Ajude-me a sair daqui.

Seja quem for, não me ouve. Só me resta tentar atravessar a passagem estreita sozinho. Primeiro, passo a cabeça. Em seguida, forço os ombros pela abertura, a parte mais difícil de um parto. Tórax, ombros e pernas escorregam em sequência. Caio por cima de uma pia, bato as costelas na torneira e aterriso no chão ladrilhado. O que era porta no outro lado, deste é o espelho do banheiro de alguém. Alguém que se assusta ao me ver e cambaleia para trás.

Quero pedir mil perdões. Ajudá-lo. Mas só o que faço é olhar sua expressão de surpresa e pânico, idênticos aos quais eu mesmo sou acometido: aquele homem sou eu. Ainda não reduzido à ruína que já me tornei. Mais fraco, de certa maneira. Coisas desse tipo me abalam por menos tempo que a ele. No entanto, sou eu.

Apresso-me em sair. Ele vem atrás. Entro pelo quarto, sei que a porta da sacada foi aberta pelo vento da noite chuvosa, lembro disso, lembro de cada detalhe. É a única saída na qual sou capaz de pensar agora. Não, não é verdade. Escolho esse caminho porque sei que ela estará lá, a nudez coberta apenas por um lençol fino. A Maria Cecília dele.

É o inferno vê-la. Como se meu corpo inteiro, mente, alma,

coração, tudo fosse atraído para aquela mulher, quaisquer de suas versões, com uma força tremenda. Estaco no meio do quarto e gravo sua imagem. Então corro dali enquanto o outro eu entra, esbaforido e confuso. Faço uma descida perigosa pela calha. Quando ele alcança a janela, já cruzo o jardim em grandes passadas.

Atravesso a rua bem a tempo de ver um velho ônibus escolar se aproximar.

Meu duplo me olha da janela. O peito sobe e desce numa respiração descompassada. Pobre coitado. Sei o que ele pensa agora, as dúvidas que o assaltam. Sei o que passará.

Com um profundo pesar, ergo a mão num gesto que é ao mesmo tempo uma tentativa de confortá-lo e um adeus.

O ônibus vermelho para e eu entro. Porque sei que tenho de entrar.

– Boa noite. Estava esperando por você. De novo – diz o motorista, mal a porta se fecha atrás de mim.

Ele se veste de forma estranha: calças de listras coloridas, suspensórios, capa de chuva de um amarelo desbotado. Pés descalços. Torso nu. Um resto de tintura salpicada aqui e ali, como alguém que retirou a maquiagem às pressas ou com displicência.

– Imaginei que sim. Para onde vamos?

– Vamos até ela. Acho que você sabe quem é.

– Minha irmã?

Um sorriso aparece nos lábios finos dele. Acho que posso entender isso como um sim. Escolho um assento confortável. Abro a janela e deixo o vento entrar, vento frio, com cheiro de terra molhada, e deixo o corpo relaxar. Tempos difíceis, esses. A carne esqueceu como se repousa, continua tensa, endurecida feito barro cozido. Os olhos não fecham: passeiam pela rua, estudam as paisagens noturnas, espiam o estranho pelas costas. Mão no volante, outra no câmbio, retrovisor direto em mim.

– Não disse seu nome.

– Não tenho um.

– Todo mundo tem um nome.

– Eu não. Vivo feliz assim. O que não quer dizer que as pessoas não tenham formas de me chamar. Como não sou daqui, muita gente me chama de Forasteiro. Dez mil nomes. Nenhum nome. Entendeu?

– Sim – minto.

– Bom. Opa, buraco no asfalto.

O ônibus sacode.

– Mais importantes que nomes são as funções. Todos desempenham um papel nesse mundo, não é?

– É. Acho que sim.

– O que você fazia antes dessa coisa toda?

– Não tenho certeza. Algumas pessoas bagunçaram meu cérebro. Está tudo liquefeito aqui. Se eu balançar a cabeça, escuto um glub-glub.

– Que péssimo.

– Pois é. E você, o que faz?

O ônibus faz uma curva fechada e pega a estrada. A Cidade-Centro começa a se esvaziar.

– Sou meio que um faz-tudo. Meu negócio é fazer as coisas funcionarem. Coloco uma AKM num armário aqui, o CD certo na mesa do cara certo, um ônibus rodando no horário acolá... O lance é fazer cada um chegar onde precisa na hora em que precisa. Não é um trabalho fácil, mas é divertido.

Tiro os sapatos. Os pés estão cheios de bolhas.

– Então você manipula as peças do jogo.

Ele ri.

– De certa forma. Mas não sou o cérebro que cria as jogadas. Sou meramente a mão que faz os movimentos. A pessoa que vamos ver é a enxadrista.

– Minha irmã.

Ele sorri outra vez e liga o rádio. O ônibus continua noite adentro, engolido pela noite densa. Está tocando *Parachutes*. É como deslizar por um rio e tocar as pontas dos dedos na água para observar os padrões que se formam. Você se concentra, e só existe a corrente, á água fresca e a respiração.

Quando menos espera, tudo se transforma numa mistura de sonho e lembrança. Você está dormindo ou acordado?

Lá fora a noite começa a derreter e pingar.

Poças de escuridão com pontilhados de estrelas se formam pelo chão. São escorregadias. O ônibus derrapa, o Forasteiro solta um palavrão e se desculpa em seguida. Sua voz me é familiar.

– Acho que conheço você.

– Talvez conheça. Ou vá conhecer. Agora é melhor dormir um pouco. Os próximos momentos podem ser difíceis de lidar.

O Forasteiro aciona o limpador de para-brisa, espalhando noite líquida pelos vidros. Minha cabeça vai deslizando devagar. Você está dormindo ou acordado?

Acordo com um estrondo do tamanho do mundo, coluna de poeira envolvendo o ônibus, uma parede de tijolos desabando sobre a parte dianteira. Há um corte em meu supercílio e uma mancha arroxeada no meu braço, mas estou bem. A porta se abre com o ruído de ar comprimido. O Forasteiro salta para fora. Seu vulto amarelado pouco se destaca contra o negrume absoluto da noite. Ele caminha ao lado do ônibus e desaparece. Quando reaparece, tem uma chave inglesa enorme na mão. Ele não volta para dentro. Atravessa o que restou da parede e desaparece do meu campo de visão. Vou atrás.

Do outro lado da parede o tempo está congelado. Tijolos e pedaços de reboco estão imóveis no ar, o pó estagnado formando uma cortina densa. Do meio dela brotam braços e pernas de alguém surpreendido pelo ônibus. Estou parado agora no meio da sala de Virgílio, ao lado do Forasteiro, mas não estou lá de fato. A arma de Gonçalo paira perto do meu rosto. Tento tocá-la, mas é como se estivesse diante de imagens soltas no ar, sem substância, sem volume. Ali estou eu, uma criança encolhida, em pânico por ver meu pai se retorcer feito um animal, uma bala cravada nas costas, e meu melhor amigo se esvaindo em sangue. Você está dormindo ou acordado?

Eu me lembro desse acidente. De quando um ônibus vermelho vindo de lugar nenhum arrebentou a casa de Virgílio e esmagou sua mãe e o homem que vivia com ela. Mas não lembro do que houve depois.

Porque isso é o depois.

– Não era para você estar aqui – diz o Forasteiro. – Por que não ficou no ônibus?

– Tá brincando?

– Essas memórias precisam ser destruídas. Não vai querer ver isso.

Ele está brandindo a chave inglesa. Imagino o que vai fazer com ela.

– Não pode destruir minha memória – aviso, segurando seu braço. – Não tenho muitas coisas além disso.

Ele me encara.

– Sinto muito.

Sei quem ele é. O rosto está diferente, um pouco mais velho, mas é ele.

– Não faça isso, Virgílio.

O tempo, congelado como está naquele lugar, não produz som. Apenas nossas vozes, apenas nossa respiração.

– Você sabe quem eu sou.

– Sei.

– Como descobriu?

– Era o que eu faria, se estivesse escrevendo meu romance.

Virgílio ri. Aponta para a arma de Gonçalo.

– Esse homem é um Metafilósofo. Inspetor Raposa. Infiltrou-se nessa memória para me controlar. Me matar, se fosse preciso.

– Por favor.

– Precisamos fazer isso. Não é uma memória verdadeira. Foi construída pedaço por pedaço para inserir a ideia da minha existência nesse lugar. Não sou real, Cosmo. Você me faz existir quando se lembra de mim. Por isso estamos aqui, para impedir que se forme a memória de minha morte. Se isso acontecesse, eu não estaria aqui agora para guiá-lo até *ela*. Estaria morto de verdade.

– Por isso minhas lembranças terminam assim. Nunca soube o que acontece depois dos tiros.

– Isso é um labirinto, meu amigo.

O sol tinge o mundo de um vermelho pulsante. Seus raios entram pelo rombo na parede. Cubro os olhos com as mãos em concha. Lá fora, o Deserto outra vez. Virgílio está parado ao meu lado, olhando para si mesmo quando criança e para o rio de sangue que brota de sua barriga.

– Por que voltamos para cá? – pergunto.

– Ela vive neste Deserto.

– Porque alguém escolheria este purgatório para viver?

– Lugares para se esconder. A Cidade-Centro é território dos Metafilósofos. Ela seria um alvo fácil lá.

Olho-o com o sabor da vitória na língua.

– Acho que não precisa mais se preocupar com eles. Estão em pedaços.

Ele ergue a sobrancelha, como se contar com essa hipótese não fosse uma opção inteligente.

– Você precisa ir – diz. – Ela está esperando por você naquela direção – aponta para longe através da parede.

– Não pode me levar?

Ele balança a cabeça em negativa.

– Sabia que seria essa sua resposta. Você precisa voltar daqui. Começar o jogo todo outra vez.

– É. Preciso.

– Boa sorte. Vou precisar que você tenha.

Saio.

Atrás de mim, Virgílio estilhaça minha memória com a chave inglesa.

RAINHA DAS LESMAS NO LABIRINTO DE SAL

Valéria.

Vagando pela terra esturricada, ele se aproxima de mim sem perceber. A silhueta, a princípio quase imperceptível contra o horizonte vermelho, aos poucos vai se tornando maior e maior.

Da cadeira de rodas em que me encontro, centenas de metros distante dele, posso ver o rosto castigado encharcado de suor. Às vezes, passa a língua sobre os lábios ressecados, sente com ela a aspereza do ar e a recolhe de volta à boca. Quando se cansa, apoia as mãos sobre os joelhos, regula a respiração. Olha em volta, as mãos em concha sobre os olhos semicerrados, esperançoso de encontrar a estrada, ou água, ou uma sombra para escapar do céu terrível sem nuvens e sua bolha de gás inclemente. Mas não há nada para ele nesse lugar, nada além de mim; e nada para mim além dele.

O homenzarrão ao meu lado, meu pai neste lugar, aproxima o isotônico da minha boca. Retira com cuidado minha máscara de oxigênio e pressiona de leve a garrafa contra minha boca. Bebo alguns goles como se fosse criança. O sabor é uma desagradável mistura de soro fisiológico e tangerina.

– Quem é o farrapo de gente que vem ali? – ele pergunta.

– É por quem estive esperando todo esse tempo – respondo.

Ele murmura alguma coisa e ajusta o guarda-sol sobre nossas cabeças.

Lá longe, a figura continua avançando, as pernas cada vez mais débeis. Já não mexe as mãos, a cabeça raspada começa a pender para o lado. Por um momento, ele para como se farejasse coisas invisíveis. Depois tomba na areia.

Meus dedos tocam as rodas da cadeira, levados pelo impulso de ir até lá ampará-lo, mas o braço firme de meu pai pesa em meu ombro. Ele balança a cabeça: não. Ele está certo. Rodas e areia não combinam.

Lá está o pobrezinho, o rosto colado ao chão. Precisa se levantar, mas está tão cansado que a vontade de se entregar para o Deserto deve lhe atravessar o pensamento: deixar que as areias suguem seus fluidos, que o transforme numa múmia ressequida enquanto os nutrientes se dispersam na terra onde nem uma única palma é capaz de brotar. Mas ele sabe que o segredo é não se entregar. Espantar os pensamentos antes que adquiram substância e se tornem decisões irrevogáveis.

Sua respiração faz subir a poeira vermelha. Ele observa as formigas brotarem das rachaduras no solo e seguir em fila, ondulante e simétrica, cada vez mais para longe. Até onde meu pai e eu estamos.

A princípio ele nos toma por miragens. Alucinações causadas pela insolação. Esfrega os olhos com os dedos empoeirados, tenta focá-los melhor. Sim, nós estamos aqui, e aparentemente não somos uma peça pregada pela sua cabeça. Admito que não deve ser fácil acreditar nos próprios sentidos quando se perambula por uma terra desolada e se dá de cara com uma mulher de chapéus e óculos escuros presa à uma cadeira de rodas, mais morta que viva, sobrevivendo com a ajuda de um tanque de oxigênio, tendo ao lado um homem barbudo, uma caixa de isopor cheia de isotônicos e um opala vermelho, protegidos por um guarda-sol branco e amarelo. Sua reação talvez fosse a mesma que a minha: rir até a risada se transformar num choro sem lágrimas, depois novamente em risada. Está cansado de sonhos, afinal, enquanto eu estou cansada de dormir um sono de paisagens brancas intermináveis.

Ele ergue a mão e desfalece. Meu pai lê no meu rosto o que desejo. Contrariado, apanha uma garrafa da caixa de isopor e arrasta os passos até o homem caído. Ergue sua cabeça e deixa escorrer boca adentro o isotônico sabor morango.

– Pode andar?

O rosto do meu pai. Um rosto que ele conhece.

– Posso.

Põe-se de pé. Apoiado em meu pai, ele vem até onde estou. Meu coração quase arrebenta de excitação.

Meu pai abre uma cadeira de praia para acomodá-lo diante de mim, larga uma garrafa em sua mão e se afasta para o opala, dizendo para gritar caso precise de alguma coisa.

O homem oscila feito bambu em ventania. Olha para a garrafa de forma patética, depois para mim, como se pedisse permissão.

– À vontade – eu digo. Ele bebe o isotônico com voracidade. Parte escorre pelo canto da boca. A garganta se contorce em movimentos ruidosos. Depois de esvaziar a garrafa, enxuga a boca com as costas da mão.

– O gosto é horrível – ele diz, antes de beber mais três garrafas para saciar a sede.

– Sente-se aí – peço. Ele obedece.

Ficamos em silêncio um longo tempo, ambos fazendo a mesma coisa: observando. Eu estudo cada pedacinho dele; ele estuda cada pedacinho meu. O que sentimos, no entanto, é diferente: de minha parte, uma piedade contida; da parte dele, autocomiseração indignada.

Rompemos o silêncio quando ele pergunta meu nome.

– Valéria – respondo.

Ele balança a cabeça e repete: Valéria. Sente cada sílaba na ponta da língua.

– Aquele é seu pai? – aponta para o opala.

– É. Meu pai neste lugar. Fora daqui, ele meio que é outro, embora eu não saiba dizer como.

Ele balança a cabeça. Olha para minhas pernas atrofiadas, para minhas mãos em repouso sobre os joelhos. Quer saber o que houve com elas.

– Acidente de carro – respondo, sucinta. Estou impressionada demais com ele para falar de mim. Esquelético e pálido, quase um fantasma de si. Vestido de branco, roupa de sanatório, duas cicatrizes imensas – uma recente, outra de aparência mais antiga – na cabeça raspada à máquina. Os pontos ainda carregam a vermelhidão sanguínea da carne lacerada. Tenho vontade de abraçá-lo, beijá-lo, protegê-lo, engoli-lo e absorvê-lo: ele é meu.

– Acidente de carro – ele repete para si.

– Estou melhor agora. Sabe, acordei de um estado catatônico há menos de vinte e quatro horas.

– Seu pai deve estar feliz.

– Ele se preocupa demais. É um bom homem, apesar de tudo. Cá entre nós, não é meu pai de verdade. Está mais para a ideia de um pai. Vocês já se conheciam, não?

– Acho que já nos topamos uma vez. E tive um sonho com ele. Talvez fosse uma lembrança de infância, e ele era o meu pai. Por um tempo, achei que você pudesse ser a minha irmã desaparecida.

Rio de sua ingenuidade. Ele fecha a cara, zangado.

– Desculpe. Falta de educação da minha parte. Nem sei seu nome.

Ele fica pensativo, passa a mão nas cicatrizes da cabeça. Diz:

– Fui chamado de Cosmo Kant durante muito tempo, mas

de uns tempos para cá esse nome perdeu o significado para mim. Como se fosse um rótulo, ou eu tivesse um nome secreto, sei lá. Pode me chamar assim, se quiser, ou de qualquer outra coisa.

– Cosmo é um belo nome. Um sinônimo para universo. Existência. Realidade. Nada pode existir fora de você.

– Você não se parece com os outros. Nem comigo. Olha só para sua pele, tem algo que parece, não sei, mais vivo. Pulsante. De cor mais forte. Olhe para mim – ele mostra o antebraço. – É como se todos fossem fotos de coisas, não a coisa em si. Você, não; você destoa de todo o cenário, de todas as pessoas, casas e árvores. Como se fosse a única pessoa verdadeira deste lugar.

Cosmo já foi um homem bonito. Há um brilho longínquo de juventude no seu rosto que as rugas e as feridas não conseguem apagar por completo.

Ele insiste na história de que pareço mais real que a realidade. Como dizer a ele o quão está certo?

Cosmo.

Ela se apresentou a mim como Valéria. Quando a encontrei, após errar pelo Deserto por horas, acreditei se tratar de uma miragem, como nos filmes. Lá estava ela, sentada numa cadeira de rodas, respirando por uma máscara, à sombra de um grande guarda-sol junto do pai. Ele parece não gostar de mim. Contrafeito, abre uma cadeira, me oferece uma bebida.

– Grite se precisar de alguma coisa – ele diz para a moça, e se afasta para um opala queimando ao sol.

Uma sede infernal que nunca sentira antes transformou minha garganta numa lixa ressecada e ardida. Acabo bebendo um monte de garrafas. Depois, deixo-me desabar sobre a cadeira.

Valéria.

Meu pai verifica o motor do opala. Não há nada de errado com o carro, mas ele precisa manter as mãos ocupadas. Com o canto do olho, espia minha conversa com Cosmo, a quem detesta, mas que precisa aprender a suportar porque, de certo modo, é seu pai. Emoções conflitantes são uma tortura para seu coração desacostumado. Deseja espancá-lo e ao mesmo tempo amá-lo, tomar no colo o bebezinho perdido que há tanto abandonara – não, nunca o abandonara, mas se é no que todos acreditam, então deve ser verdade. Não se larga para trás uma mulher e uma criança desamparadas: este pai jamais faria algo assim. Fora, entretanto, forçado a tal coisa. Agora é o homem que lutara para não ser. E a presença de Cosmo é uma lembrança constante disso.

Cosmo me observa. Meus olhos, minha boca, meu nariz. Compara minha pele com a palidez de sonho de sua mulher. Não é com desejo que me olha; é, antes de tudo, com um sentimento de incompletude. Ele toca minha mão e seus lábios se entreabrem de surpresa:

– Você é mais quente que eu.

Sorrio. Devo contar a ele, mas acho que sabe. Com um suspiro profundo, Cosmo se levanta.

– Sabe, por muito tempo achei que tivesse perdido o juízo. E para falar a verdade, ainda não estou muito certo de que não perdi. Algumas coisas parecem fora de lugar, entende como é? Como se as coisas fossem coca-cola, talvez, mas tivessem gosto de pepsi. Não é exatamente a mesma coisa. É, sei lá, diferente. Isso faz algum sentido para você?

– Faz todo o sentido do mundo para mim.

– Estou convencido de que o mundo não é de verdade – ele diz, como quem diz um segredo assustador. Aproxima seu rosto do meu, sua boca quase roça na minha. Seu hálito tem o perfume de coisas guardadas. – O mundo não existe – sussurra – e acho que você pode me explicar muita coisa a respeito.

Meu pai fecha o capô do carro e olha diretamente para nós.

– Você está certo. Talvez o mundo não exista como você entenda que um mundo deva existir. Mas o que é como a gente acha que deve ser? Nada. Nada mesmo. Só nos resta conviver com o que a gente tem.

– Para que esse discurso? Quer me convencer do quê? Ou não quer que alguma coisa doa tanto quanto vai doer?

Encaro-o:

– E se você descobrir que pode deixar de existir como se entende para encontrar o que quer?

Cosmo.

Meu estômago expulsa a bebida que me deram.

E é só.

Nada de sensações grandiloquentes, nada de desmaios, nada de sonhos. Apenas vomito no chão, cuspo para limpar o gosto azedo e me sento outra vez. Pego outra garrafa de (deixa ver o que é isso: bebida isotônica sabor laranja com acerola). Bebo até a metade, sob o olhar complacente de Valéria e o desconfiado de seu pai.

– Então. É isso.

Valéria é a pessoa mais bela que já vi. Irradia algo puro, um anjo dentro de um casulo que se desfaz pelo tempo e pela distância de casa. Sobrenatural e mágico. Um pedaço de estrela na carne verdadeira que nem eu, Maria Cecília, Carvalho ou qualquer pessoa nessa Cidade-Centro inexistente possui. Uma mãe, amante e irmã por quem imediatamente me apaixono.

Estava na minha cara o tempo todo: Valéria é a dona de tudo isso. Dona das pessoas, dos animais e dos fenômenos da natureza, que se move segundo ela deseja que se movam; dona das pedras, das ruas, das casas e prédios; dona da Cidade-Centro, do deserto e do próprio espaço onde tudo está contido; dona de Maria Cecília, dona dos fragmentos, dos Metafilósofos. Dona de mim.

O tempo todo pensei estar louco. Tendo visões. Quando eu próprio sou tão irreal quanto elas.

Como uma criança, aninho-me nos seus braços.

– O que é que eu sou, então?

Valéria (minha deusa, minha vida, meu amor) responde, com o sorriso mais doce do mundo:

– Somos Valéria.

Suas mãos deslizam sobre minha cabeça até alcançar o buraco feito pelos Iguais. Devagar, ela começa a desatar os pontos um a um. A linha da sutura desliza pela carne machucada e faz cócegas.

Minha esfera. Ela quer minha esfera.

Detenho sua mão.

– Valéria precisa dela, querido. Lembra do que significa Valéria, Cosmo? O mundo, você, e eu.

Estou confuso. Ela pode estar querendo me enganar, essa aleijada de merda. Como Maria Cecília. Ah, minha rainha, me perdoe, por favor, me perdoe, não queria pensar essas coisas horríveis.

– Ela não é sua, Cosmo. É de Valéria.

– Mas os Metafilósofos disseram que ela me torna especial.

– Eles não sabem de nada, meu amor. São tão confusos, perdidos e solitários quanto você.

– Você não mentiria para mim, mentiria? – seguro-a pela blusa. Seu pai deixa cair um pedaço de pano com o qual lustra o para-choque do carro e arremete sobre nós feito um búfalo. Arranca-me dos braços de Valéria e me joga no chão.

– Isso não é necessário, pai. Ajude-o a se levantar, por favor.

Ele me põe de pé, bate a poeira das minhas roupas.

– Desculpa, rapaz – ele ruge.

Claro. É meu pai, afinal.

– Preciso lhe mostrar uma coisa – diz Valéria. – Pai, poderia me trazer o computador, por favor?

O homem vai até o carro e volta com um computador portátil rosa. Valéria acessa uma pasta de vídeos e escolhe um para rodar. Enquanto o programa abre ("porcaria de máquina"), ela me pede para chegar mais perto para também poder assistir.

Na tela do computador, vemos um quarto na penumbra. Roupas largadas pelo chão formam uma trilha da porta até a cama.

Uma moça, que reconheço como a própria Valéria, se despe com uma pressa faminta. Está só de sutiã, desabotoando a saia. As coxas, levemente abertas, são acariciadas por um par de mãos muito brancas, pertencentes a uma moça curvilínea que a espera sobre o colchão. Suas línguas se enroscam, se apertam, se umedecem. A mão da moça desliza pelas costas de Valéria e para sobre a nádega. Ela geme quando Valéria morde sua orelha, seu pescoço, descendo devagar pela barriga. Com uma risadinha dionisíaca, ela se contorce quando Valéria enterra o rosto entre suas coxas. Eu a reconheço. Como não reconheceria aquela beleza toda, aqueles dentes perfeitos, a boca pequena?

A cena de amor é interrompida quando a porta se abre abruptamente. O pai entra no quarto e agarra a filha pelos cabelos. Grita coisas horríveis que a péssima qualidade do áudio não me deixa entender direito, bate em seu rosto uma, duas, três, quatro vezes. Maria Cecília se enrola no lençol e tenta fazê-lo soltar Valéria. Recebe um soco no olho. O pai está descontrolado, a ponto de matar a filha.

Mas a mãe aparece. Intercede pelas moças.

É minha mãe naquele vídeo. Sem o ranço da doença que acabaria contaminando todas as minhas lembranças dela.

Minha pobre mãe, tão doce. Capaz de abrandar a fúria daquele brutamontes.

Agredi-las ele não vai mais, porém não aquela pouca vergonha não terá lugar em sua casa: quer Valéria fora. Chorando, ela arruma suas coisas, beija sua mãe (adeus, minha mãe) e vai embora com Maria Cecília, dirigindo seu opala velho noite afora. Quando ela desaparece no fim da rua, seu pai dá um longo suspiro.

Valéria acelera o vídeo até o ponto em que polícia vem bater à porta:

– Houve um acidente grave, senhor.

– Acidente?

– Uma das moças morreu. A outra está bem ruim. Bateu forte com a cabeça quando o carro se chocou contra uma árvore. Sinto muito, senhor.

Então o vídeo termina (três estrelas/replay).

O pai tenta esconder as lágrimas com as mãos grandes. Valéria quer consolá-lo, mas ele se afasta para longe.

– Além de Carvalho, Maria Cecília também me chifrava com você. Muito bom saber disso.

Valéria ajeita os cabelos num rabo de cavalo.

– A moça que morreu naquela noite, essa que você viu no vídeo com Valéria, não era Maria Cecília. Era Luíza.

– Mas era idêntica a Maria Cecília.

– Idêntica, sim. Porque Maria foi moldada segundo os nossos desejos. Do jeitinho àquela que amamos. Por isso seu rosto, seu corpo, cada pequeno gesto, é igual nas duas. Valéria cristalizou o amor profundo e, até aquele momento, verdadeiro, que sentia por Luíza. É possível que isso um dia mudasse, e mudará, quando o luto terminar. Mas por enquanto, ele existe. E permeia tudo o que nos cerca. Pode ser manipulado, às vezes. Pode ser possessivo e doentio. Sublime. Tudo isso faz parte da nossa forma de Valéria amar. Porque ela não é mais que humana, e humanos são assim. Naquela noite triste, Luíza morreu. Valéria arrebentou o crânio contra o painel do carro. Sua mente se partiu em milhões de fragmentos, um oceano de confusão, um universo interior de ideias, sonhos e desejos misturados. Ela esteve à beira da morte, mas de alguma forma sua Vontade foi mais forte e ela criou este pequeno mundo dentro de sua cabeça, uma pequena porção de ordem ancorada nos seus amores, dores, lembranças e esperanças que impedem que seu cérebro morra. Mas ninguém pode viver em coma para sempre, Cosmo. Ela está lá fora, definhando. Em breve morrerá, e tudo se acabará. Abandonar este lugar, e não reforçá-lo, é o que vai nos salvar.

Meus dedos estão enrugados feito os de um velho.

– E o que precisamos fazer para ajudá-la?

Valéria olha fundo nos meus olhos. Deus, ela poderia me convencer do que quisesse com esse olhar.

– Precisamos devolver sua Vontade. Dar forças a ela para reagir.

– Está se referindo a esfera dentro de mim.

– A esfera é *você*. Seu corpo é apenas um cofre. No entanto, não posso forçá-lo. Essa é uma escolha que pertence unicamente a você.

Valéria.

Cosmo fica em silencio durante muito tempo, fitando as colinas que pontilham a paisagem lá à beira do horizonte. O céu parece, mais que nunca, com uma abóbada gigantesca onde os pássaros não voam e as nuvens estão imóveis. O vento parou de soprar.

Seu rosto parece ainda mais austero.

Só então percebo que seus lábios estão se movendo. Ele está cantando. Cantando para dentro de si próprio, ganhando coragem para espantar o medo, e não para sua música nem mesmo quando me pergunta se vamos morrer.

– Só um pouco – respondo.

Ele canta, ainda: está assustado e não posso culpá-lo. Quem sabe de fato o que vem depois?

Por fim, ele se levanta e outra vez vem se aninhar no meu colo, uma criança com medo do escuro. Acaricio seu rosto como nossa mãe faria. Ele diz que está pronto, que eu faça o que devo fazer.

– Cante para mim – ele pede, ao fechar os olhos. Canto a canção mais bonita que conheço. Canto para Cosmo, mas não só para ele: que minha voz se derrame pelas terras vazias, alcance a Cidade-Centro e console todos aqueles que, nestes momentos finais, olham ansiosos para o céu e se perguntam sobre o que virá a seguir.

A respiração dele parece o ronronar de um gato, cada vez mais suave, diminuindo o ritmo à medida que a melodia entra em seus ouvidos. Minha mão desfaz a sutura. A ferida se abre feito uma boca purulenta. De dentro do crânio brota um tênue facho de luz. Com cuidado, tiro a esfera. Pouco maior que uma bola de tênis, ela brilha na palma da minha mão.

Cosmo suspira. A terra vazia está tão silenciosa que posso ouvir meu pai ofegar pequenos trovões atrás de mim. Pela última vez observo o mundo, e pela última vez me pergunto se faço a coisa certa. Como se fosse uma resposta, minha própria figura se reflete na superfície lisa da esfera. Estou sorrindo, um sorriso de filho perdido que retorna ao lar. Estamos indo para casa, Cosmo. Identidade. Vontade. Todos nós. Juntos.

Quebro, então, a esfera contra a roda da cadeira, e deixo que a tremenda explosão de luz desfaça nosso mundo e nos presenteie com outro. Um mundo inteiramente novo, apesar de absurdamente velho.

17 DE JUNHO

Querida Luíza,

Os médicos me mandaram fazer isso. Escrever uma carta. Disseram que vai me ajudar a lembrar de coisas que se perderam desde o acidente. Vai me fortalecer. Ajudar a superar o trauma de perder você por uma estupidez minha.

Estou traçando estas linhas agora porque, a bem da verdade, eu sempre quis manter um registro das coisas que aconteciam comigo, para me recordar quando for velha. Não que minha vida fosse muito além do puramente trivial. Família, amigos, trabalho. Você. Mas nunca comecei, porque sempre parecia que já era tarde demais para isso, muita coisa da vida já tinha passado. Com o acidente, mudou tudo. Disseram que nasci de novo. Aproveito, então, o novo marco zero na minha vida para registrar cada dia desde que despertei do coma.

Acordei rodeada de médicos numa sala pequena e escura, cheia de eletrodos e fios presos à minha cabeça. Isso foi há um mês. Estava assustada, queria fugir dali, arrancar aquele monte de coisas de mim. Eles me seguraram e acalmaram com gentilezas e remédios. Só então me dei conta de onde estava e porque estava. O acidente. Perguntei por você. Queria saber se estava bem. Percebi que algo estava errado pelo silêncio estranho que me devolveram.

Lembro-me de ter gritado, esperneado e desejado morrer quando minha mãe, trazida pelos médicos, me contou o que houve. Ela disse que a culpa não era minha. Mas era. Eu saí dirigindo feito louca, eu fui a irresponsável cabeça dura. E ainda estou aqui, enquanto você está neste cemitério triste.

Expulsei todo mundo aos gritos. Mesmo os doutores evitaram vir me ver durante um par de horas. Um tempo que me deram para começar a digerir a coisa toda. Uma coisa dessas não se digere tão fácil, eu cuspi quando um dos médicos apareceu, um tal doutor Demócrito. Ele disse que entendia, mas que eu precisava descansar, passara por um tratamento muito invasivo nas últimas semanas. Uma terapia experimental que envolveu psiquiatras, neurologistas, cardiologistas e um programa de computador complexo. Parece que o golpe na cabeça causou danos profundos. Enquanto tratavam da parte física do problema, eles inseriram estímulos para que minha própria mente, que acabou estilhaçada em milhões de caquinhos, buscasse um meio próprio de se restaurar. Demócrito disse que tinham um agente, por assim dizer, dentro do meu coma. Iguazinho aos filmes de ficção científica. Com um sorriso pedante, acrescentou que o nome do software era por causa da Divina Comédia. Mas se um programa de computador foi um Virgílio a me guiar pela escuridão, você foi minha Beatriz.

Acho que eu gargalhei da pose de sabichão do médico. Ele riu comigo e disse que depois me explicava tudo direitinho, com todos os detalhes nos lugares. Mas fiquei tão ocupada com o luto e a fisioterapia que esqueci de me importar. Quem se importaria?

E aqui estou. Passo muito tempo deitada, mas em breve terei alta. Vou poder ir para casa. Encarar meu pai nos olhos, ouvi-lo se desculpar pelo que fez com nós duas. Não sei se serei capaz de perdoá-lo um dia. Nem se conseguirei perdoar a mim mesma. Mas estou disposta a recomeçar. Colocar a vida em movimento outra vez. Sei que você gostaria disso.

Daquela que sempre vai te amar,

Valéria.

Sentado atrás de uma grande mesa de mogno há um homem. Acaba de ler a carta trazida pelo assistente, e agora passa a ponta dos dedos sobre as letras inseguras.

– Foi ela quem escreveu isso? – ele pergunta.

De pé diante da porta, seu assistente.

– Sim, senhor. Um dos nossos informantes viu quando ela colocou o papel numa ranhura no túmulo da namorada.

O homem ajeitou os óculos que escorregavam para a ponta do nariz. Esticou as costas no espaldar alto da cadeira. O assistente viu que ele sorria. Achou a visão um tanto incomum, embora significasse que um trabalho longo finalmente chegava ao fim.

– Ela está disposta a tocar a vida em frente. Superar tudo o que aconteceu. Sabe o que isso significa?

– Que tudo está correndo conforme o Cronograma, senhor – responde o assistente. – Nosso objeto está aceitando o novo paradigma.

– Saboreie o momento, meu amigo. Não é sempre que o gosto do dever cumprido é tão doce. Hoje nós salvamos o mundo – o homem sorri. Apoia os pés sobre a mesa e se permite relaxar como há muito tempo não fazia. Acende um charuto e fica observando o dia azul lá fora. Enquanto seu assistente leva a carta para o Arquivo, o homem se pergunta quanto tempo terá até que AM014 comece a se tornar um problema.

Este livro foi impresso sem a
permissão dos metafilósofos
em papel pólen bold na
Printing Solutions & Internet
S/A em abril de 2012.